福岡県

万葉歌碑見て歩き

梅林孝雄

海鳥社

はじめに

『万葉集』はおよそ千三百年前、宝亀元（七七〇）年頃に大伴家持らの編纂によって成ったといわれる我が国最古の歌集である。「万葉」とは万《よろず》の言の葉、即ちたくさんの言葉、ひいてはたくさんの歌を意味し、また万代《よろずよ》の歌、即ち四百数十年間の歌が収められていることを表しているという。「万葉」という語には深い森の緑を思わせる柔らかい響きがあり、そこはかとない郷愁とロマンが感じられる。万葉歌を評して素朴で、おおらかで、率直かつ格調高い歌であるという。であるがゆえに人々の心をとらえて止まず、今日まで多くの人に愛誦されてきているのであろう。

また、周囲を見渡してみると「万葉の里」「万葉の森」「万葉の庭」など公園の名前に、「万葉台」という団地名に、あるいはまた、「万葉の湯」（銭湯）、「花万葉」（日本料理店）といった屋号に、そのほか酒や菓子の名前など、身近なところに万葉の語がたくさん使われていることに気づく。万葉歌は日本人の心の中に深く染みつき心のふるさとになっているといってもいいのではなかろうか。

『万葉集』は全二十巻、歌数は四五一六首（『国歌大観』による。本稿中の歌番号はこれによる）で、歌の作者は天皇をはじめ皇族、貴族、僧侶、正史に名をとどめた高級官人から下は名もない役人、防人、農民、漁民、遊行女婦《うかれめ》、乞食者《ほかひびと》といった一般庶民に至る広い階層にわたっており、また歌中に詠まれている地名も全国に及んでいる。まさに国民歌集であり、世界に誇る文化遺産である。

四千五百余首中、福岡県内の地名が詠み込まれている歌は七十余首あり、このほか県内の地名は入っていないけれども大宰府や国府の役人、遊行女婦、旅行者らが県内で詠んだ歌などを合わせると福岡県に関係ある歌は二百首をはるかに越える。これらの歌にゆかりのある県内各地には筆者が確認した万葉歌碑が大小合わせて一〇二基現存している。これらを建立年代別にみると、安政、明治に各一基、昭和に五十三基、平成に四十七基が建立されており、今後も僅かながら増えるであろうと予想している。

これらの万葉歌碑は神社・寺院の境内、公共施設の庭、公園の中、路傍の草むらなどに建っているが、私たちは普段見過ごしていることが多いか、もしくは見ても余り気にとめていない。碑に刻まれた文字は当然ながら万葉仮名（漢字）がたくさん用いられ、かつ書家らの揮毫による流麗な文字が並んでいるので判読、理解できずに敬遠されているのであろうか。惜しいことである。

四季折々の花や景色を眺めながら万葉の昔に思いを馳せ、歴史を偲び万葉人の心のひだに触れつつ歌碑探訪するのは実に楽しいものである。加えてその土地、土地の美味、珍味を味わい、産物・民芸品にめぐりあえばなお楽しさ倍加というものである。

本書は筑紫万葉歌壇の中心地大宰府を出発点として筑紫野、大野城、夜須、粕屋、宇美、福岡、志摩、二丈、糸島、宗像、津屋崎、稲築、芦屋、八幡、戸畑、小倉、香春、豊津と一回り記述している。また、近県の佐賀、長崎、大分、熊本、鹿児島、山口にも万葉歌碑が数多くあるが、その一部は福岡県内の歌碑に関係あるものを取り上げ説明を加えている。

なお、本文中の歌は碑文をもとにしながら、主として『萬葉集釋注』（伊藤博著、集英社）を参考にし、巻末の表については碑文の通り記した。巻末には主要参考文献並びに「福岡県の万葉歌碑」「福岡県外の万葉歌碑」「万葉歌略年表」を添付した。

歌碑めぐりをする人にとって手頃な案内書になれば幸いである。

平成十六年三月

梅林孝雄

福岡県万葉歌碑見て歩き◉目次

写真：博多湾に浮かぶ海の中道と志賀島

写真：歴史スポーツ公園から大野山を望む

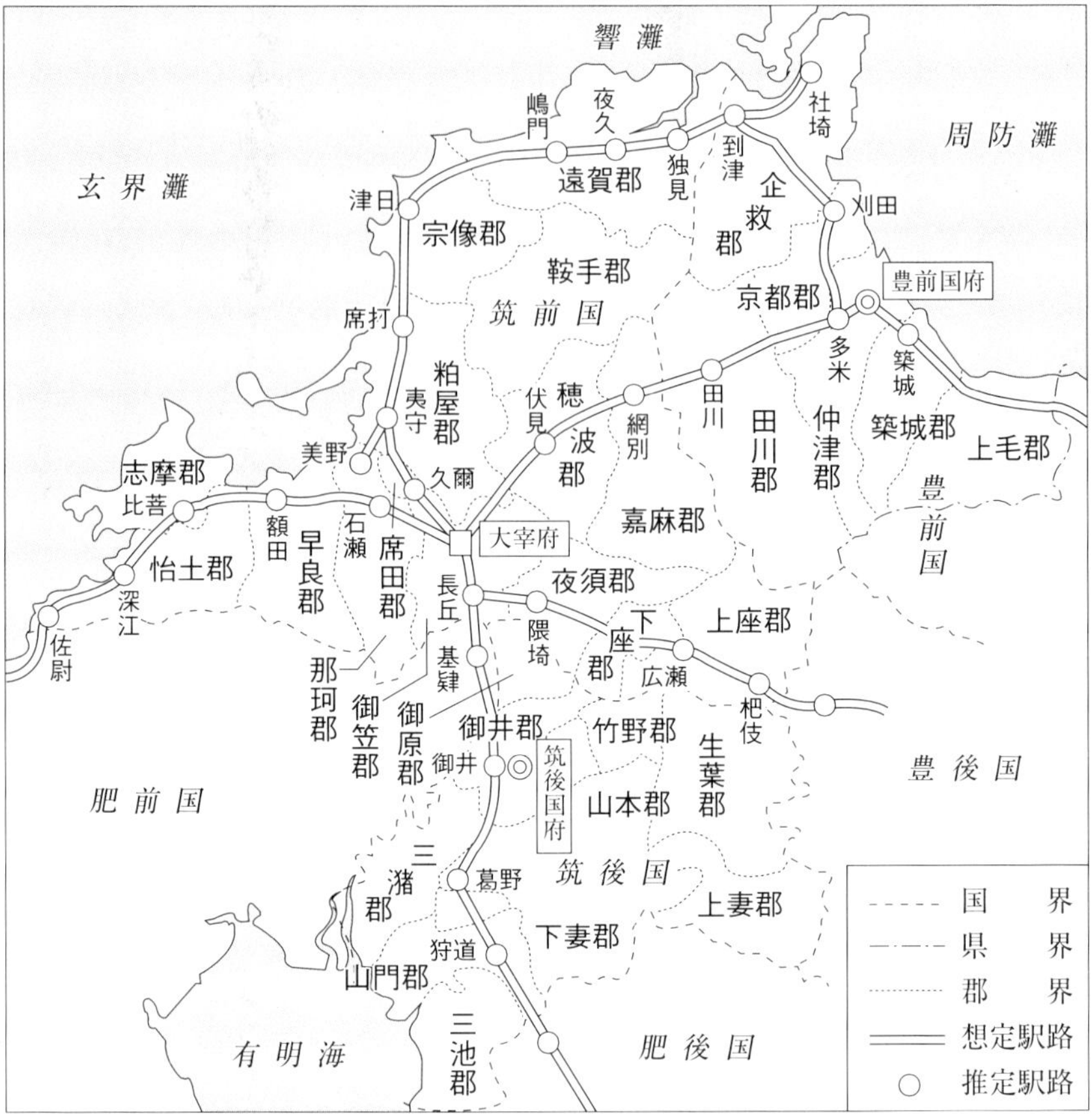

古代の国界・郡界・駅路推定図（光文館『福岡県の歴史』による）

太宰府

筑紫万葉歌壇の中心地

太宰府天満宮の飛梅（福岡県太宰府市）

「遠の朝廷」大宰府

太宰府市は古くは筑前国御笠《みかさ》郡に属し、御笠郷、御笠の里と呼ばれた地域にあたる。古代「遠《とお》の朝廷《みかど》」と呼ばれた大宰府政庁（都督府、都府楼）跡、水城跡、大野城跡、観世音寺などの古蹟が多く、また菅原道真（天神様）を祀る太宰府天満宮（全国一万数千の天満宮の総社）の在所として、飛梅伝説と共に全国によく知られている。

観光客は年間五百万人を超えるという歴史と観光の町である。現在は天満宮に近接した場所に「九州国立博物館（仮称）」が平成十七年の開館に向けて建設中であり、大きな観光スポットが更に増えることになる。

大宰府政庁は六世紀後半、那津《なのつ》口に設置された「那津官家《みやけ》」（福岡市南区大橋付近。また、博多区博多駅南五丁目付近とする説もある）を起源とし、その後、全国の要地数カ所に置かれた大宰《おおみこともち》の一つ、「筑紫大《つくしのおお》宰《みこともち》」となった。大宰は大化の改新により他は廃止となったが、筑紫大宰のみ存続された。天智天皇二（六六三）年、百済《くだら》救援のため派遣され

太宰府政庁跡（太宰府市）

た朝廷軍が、白村江《はくすきのえ》の戦いで唐・新羅連合軍に大敗を喫したことから、国防強化のため翌年、壱岐・対馬・筑紫に防人《さきもり》と烽《とぶひ》（のろし台）を置き、筑紫に大堤（水城）を築いた。更にその翌年、大野山（四一〇メートル、太宰府市・大野城市・宇美町にまたがる。四王寺山・大城山とも呼ぶ）に大野城を、基山《きざん》（四〇四メートル、佐賀県基山《きやま》町）に基肄《きい》城（国指定特別史跡）を築いた。この頃御笠の里に大宰府が造営され那津口からここに移転した。これが大宰府政庁の始まりである。

大宰府は、内政的には九国二島（九州、壱岐、対馬）を統括し、対外的には軍事・外交・貿易を司る西海道の中枢官衙《かんが》（役所）であり、これを防備するために博多湾岸の那津口からおよそ四里南の水城の内陸側に移されたのである。その規模は東西二十四坊（二・六キロ）、南北二十二条（二・四キロ）、北辺中央部に府庁（役所）の建物があったとされている。現在この地には、北方の大野山を背景に「都督府址」の大きな碑と礎石群があり、往時を偲ぶことができる。

大宰府は「遠の朝廷」と称され、長官である大宰帥《だざいのそち》以下各級官人および従僕、使役人夫などおよそ六百人の人々が勤務していたといわれ、那津の「筑紫館《つくしのむろつみ》」（平安時代に唐風の鴻臚館と呼ばれるようになった。外国使節迎賓館であると共に遣唐使、遣新羅使らの宿泊所でもあった）も、能古島や壱岐・対馬の防人もその管轄下にあった。道路は大宰府を中心として都に向かう大路、九州の各国府へ通じる中路あるいは小路があり、『延喜式』によれば三〇里（一五・七キロ）ごとに駅家《うまや》（宿駅）を設ける駅制が敷かれていた。このように大宰府は奈良の都（平城京）や難波に次ぐ当時の大都会であり、西海道における政治、経済、外交、軍事、文化の中心地であった。

その大宰府に神亀四（七二七）年の暮れ大伴旅人が大宰帥として着任した。齢六十三歳であった。またその

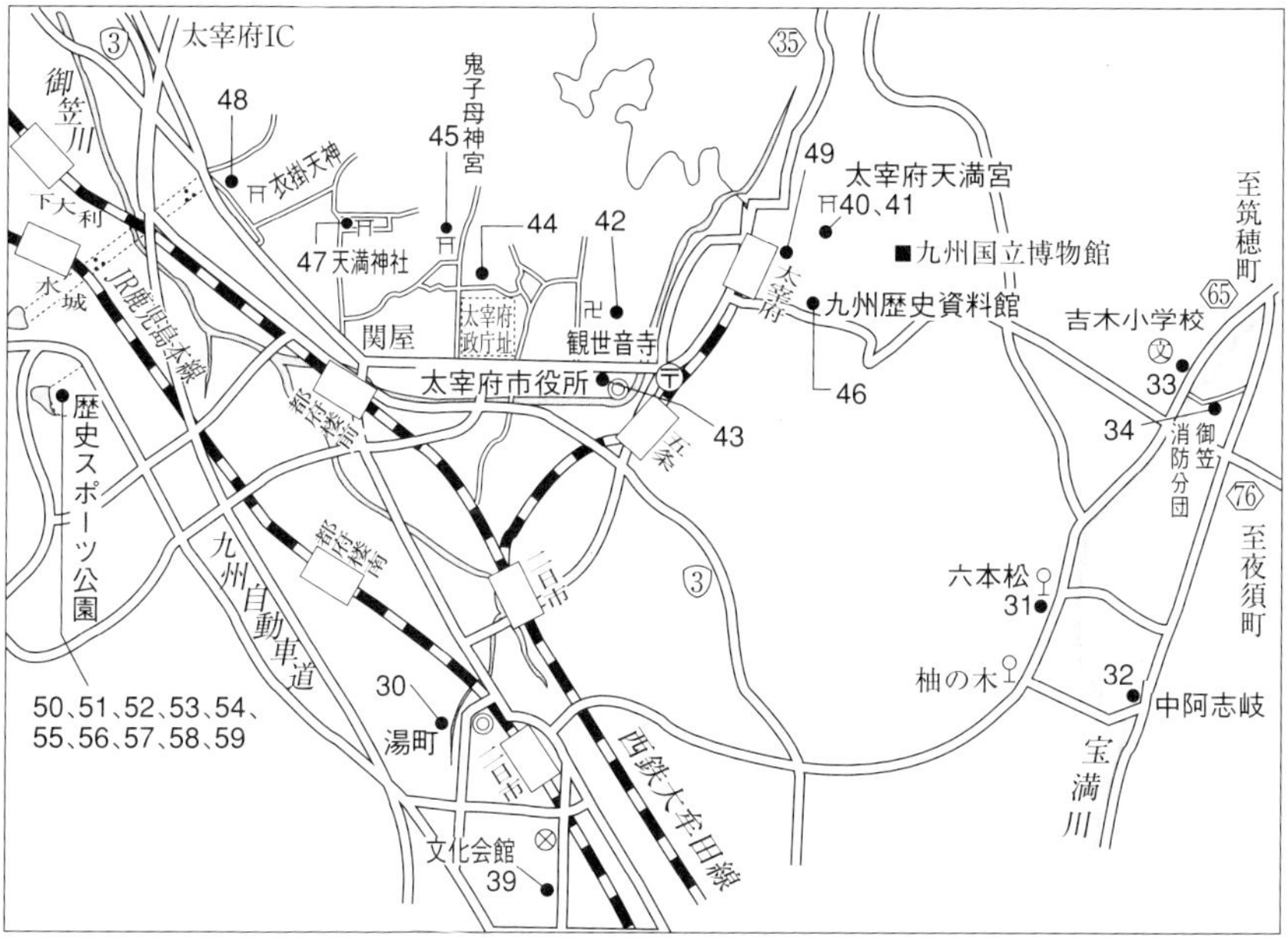

太宰府政庁跡周辺図

前年に山上憶良が六十六歳の時に、筑前国守（筑前国府の長官）に着任している。現在の会社員の一般的な定年退職年齢六十歳から見ても両人共に高齢で、都から遠く離れた筑紫での勤めであり、都への思いはひとしお強かったに違いない。二人の歌の中にもそれがよく感じられる。

さてその数年前、養老七（七二三）年に沙彌満誓《さみまんぜい》が造筑紫観音寺別当（観世音寺の長官）に着任している。同寺は天智天皇が亡き母斉明天皇を祀るため建立に着手したが、天平十八年の完成まで八十年を要し、満誓着任時は未だ建造中であった。

このように、各々数年の差をもって筑紫に着任した旅人、憶良、満誓らが中心となって筑紫歌壇を形成したのである。

万葉歌はその時代区分を通説では、

前万葉時代＝舒明天皇即位（六二九年）前

万葉第一期＝壬申の乱平定（六七二年）まで

第二期＝平城京遷都（七一〇年）まで

第三期＝山上憶良没（七三三年）まで

第四期＝万葉歌終焉（七五九年）まで

阿志岐にある四綱の歌碑（筑紫野市上阿志木）31

太宰府政庁跡の旅人の歌碑（太宰府市）44

としているが、彼らが活躍したのは第三期、聖武天皇の御代である。

前語りはこのくらいにして歌碑めぐりに歩を進めよう。

太宰府市は歌壇の中心地だっただけに市域内のあちこちに万葉歌碑が建てられており、その数は二十基にのぼっている。また、隣の筑紫野市にも十基の碑がある。同市の中心地二日市は大宰府政庁跡から近距離にあり、通古賀《とおのこが》付近に筑前国府があったといわれている。また二日市温泉があり、大宰府官人たちの癒しの場であった。ここは現在でも人気の温泉である。更に同市域内には古代蘆城《あしき》、長丘という二つの駅家があり交通の要衝でもあった。両市域は古代から現代まで同一生活圏にあるといってよいであろう。

蘆城駅家における宴の歌

都府楼跡北辺の道路沿いに福岡11ロータリークラブが建てた大伴旅人の歌碑がある。

やすみししわが大君の食国《をすくに》は倭《やまと》も此処も同じとぞ思ふ（巻六・九五六）44

あまねく天下を支配する大君がお治めになる国は大和もここ筑紫も同じだと思いますよ

この歌は旅人が大宰帥に着任して間もない翌年の春、部下の大宰少弐石川《いしかわの》足人《たるひと》が転勤で帰京することになったので、蘆城駅家（筑紫野市阿志岐《あしき》）で送別

の宴が開かれた時の歌である。その席で足人が、

さす竹の大宮人の家と住む佐保の山をば思ふやも君

奈良の都の大宮人たちが住んでいる佐保の山あたりをあなたは懐かしく思いませんか

（巻六・九五五）

と、自分が都に帰れる嬉しさからであろうか、軽い気持ちで旅人に問いかけたのに対して、筑紫を治める大宰府の長官として鷹揚に「大和も筑紫も同じだよ」と応えたのである。佐保の山（奈良市）の麓には大伴家の邸宅があった。

麻田連陽春の歌碑（筑紫野市吉木）34

蘆城駅家は『延喜式』には記載されていないが、大宰府から穂波、田川を経て豊前国府（京都《みやこ》郡豊津《とよつ》町）および都へ向かう官道の最初の宿駅で、宝満《ほうまん》川流域に広がる田園地帯にあり、府庁から約四キロ東の位置にある。北に宝満山、仏頂山《ぶっちょうざん》、三郡山《さんぐんさん》の山なみを、東に宮地岳を仰ぎ、南は夜須の広野（田園）につながる自然豊かで景色のよい土地である。大宰府官人はしばしばこの駅家で送別、歓迎、その他時々の宴を開いて遊んだもののようである。

駅家跡の地と思われる辺り、県道六五号線（筑紫野筑穂線）の六本松バス停のそばに防人佑《さきもりのすけ》大伴《おおともの》四綱《よつな》の歌碑が建っている。

月夜よし河音《かわと》さやけしいざここに行くも行かぬも遊びてゆかむ

（巻四・五七一）31

月夜もよいし川の音も清らかだ。さあここで都へ行く人も筑紫に残る人も

吉木小学校校庭にある旅人の歌碑（筑紫野市吉木）33

歓を尽くして大宰府へ帰ることにしましょう

この歌は天平二（七三〇）年、旅人が大納言に任ぜられ、十二月に出立する数日前に蘆城駅家で送別の宴が催された時の歌である。別れの寂しさで沈みがちの座の雰囲気を盛り上げようとしたものであろう。「さあさあ皆さん盃をあけて」と燗びんを持ってみんなに酒を注いで回り、「得意な歌など出して下さいよ」とカラオケを勧める現代の送別宴会風景とちっとも変わることがない。

同じ宴で大典麻田連《あさだのむらじ》陽春《やす》が詠んだ歌の碑が筑紫野市吉木、御笠消防分団前にある。大典は大宰府の文書を掌る四等官である。

唐人《からひと》の衣染《そ》むとふ紫の情《こころ》に染《し》みて思ほゆるかも

（巻四・五六九）34

韓国《からくに》の人が衣を染めるという紫の色が染みつくように紫の衣を召されたお姿が私の心に染みついてあなたのことが思われてなりません

紫は三位以上の高貴の人が着る礼服の色とされていたので、この送別の宴に正三位の旅人は紫の礼服を着て出席していたものと思われる。

蘆城駅家における宴の歌は、前出のものを含め巻四に七首、巻六に二首および、次に掲げる巻八の二首、合わせて十一首がある。

をみなへし秋萩まじる蘆城野《あしきの》の今日を始めて萬代《よろづよ》に見む

作者不詳（巻八・一五三〇）33

おみなえしと秋萩が入りまじって咲いている蘆城の野よ、今日をはじめとしていついつまでも見よう

珠匣《たまくしげ》蘆城の川を今日見ては萬代までに忘らえめやも　作者不詳（巻八・一五三一）32・57

蘆城の川を今日見たからにはいついつまでも忘れられようか

※ 珠匣《たまくしげ》（玉櫛笥）は櫛などの化粧道具を入れる美しい箱。蘆城の枕詞。

※ 蘆城の川は今の宝満川。宝満山を源とし、南流して吉木、阿志岐を通り小郡、鳥栖を経て筑後川に注ぐ。

右二首はいずれも作者名は不明であるが、多分新任の下級官人と思われる。蘆城駅家で催された歓迎会で初めて見た美しい蘆城の景色に感動し、新任の幾分の気負いをも込めて詠んだものであろう。蘆城駅家は往く人、来る人、そして留まる人それぞれの心を受け止め歴史を眺めてきた所なのである。

中阿志岐の歌碑（筑紫野市）32

歴史スポーツ公園展望広場のおみなえしの歌碑（太宰府市）57

おみなえしの歌碑は筑紫野市吉木吉木小学校の校庭西隅に建っており、珠匣の歌碑は宝満川沿いの中阿志岐の三差路脇に建っている。県道六五号線を阿志岐から吉木の集落を抜け吉木小学校前を過ぎると人家もまばらになり、三郡山と大根地山《おおねちやま》に挟まれた米ノ山峠に向かう。その先は茜染めの産地嘉穂《かほ》郡筑穂町（旧穂波郡）、穂波町、飯塚市へと続き、一方筑穂町元吉《もとよし》から道は分かれて桂川《けいせん》町、稲築《いなつき》町（古代嘉麻《かま》郡の郡家《ぐうけ》所在地）へと向かう。筑前国守山上憶良も管

筑紫野市文化会館の旅人の歌碑（筑紫野市）39

万葉の散歩道終点にある歌碑（太宰府市歴史スポーツ公園）56

内巡察の際に通った道である。

　さて、水城（大堤）が天智天皇三（六六四）年に築造されたことは先に触れたが、この水城は東の大野山（大城山）の麓から西の天拝山麓吉松丘陵地までの東西一・二キロにわたる高さ九メートル、基底部の幅八〇メートルという長大な土塁である。御笠川や九州自動車道、国道三号線、西鉄大牟田線、JR鹿児島本線などで分断されているが、土塁上には樹木が覆い、遠望すると細長い森が直線状に延びているように見える。県道一一二号線（旧国道三号線）と県道五七四号線が交差する水城三丁目交差点のそばに、大正四年十一月大典記念に当時の水城村青年会が建てた大きな「水城大堤之碑」があり、この交差点から旧道に入るとすぐ東脇に「水城阯」（大正十年三月内務大臣史蹟指定の銘あり）の碑と水城（大堤）東門礎石がある。すなわちここは水城の東門があった所で、大宰府から那津や粕屋、香椎方面に行くためにはここを通らねばならなかった。

　一方水城の西端吉松丘陵地付近に西門があったといわれ、ここから春日、大橋、那津へと通じる官道があったといわれている。県道三一号線（福岡筑紫野線、通称五号線）の吉松交差点から西側の高台に上がった所に太宰府市歴史スポーツ公園がある。展望台から眺めると太宰府市街地や水城跡とこれに続く大野山（大城山）などの景色が間近に見え、大変見晴らしのよい所である。

大宰府政庁跡はここから東に僅か二キロの距離にあり、さらにその東二キロに太宰府天満宮がある。また南に目を転じると約四キロの所に、菅原道真が登頂し東天を仰いで無実を訴えたという伝説からその名がついたといわれる天拝山（二五七メートル）があり、山麓には九州最古ともいわれる寺武蔵寺《ぶぞうじ》（天台宗、藤の名所）や二日市温泉がある。

万葉人もこの丘に登って美しい景色や、ひときわそびえ立つ壮大な朱塗りの都府楼などを眺めたのであろうか。この公園には「万葉の散歩道」が整備されていて、十基の万葉歌碑があり、手頃な散策コースとなっている。これらの碑からいくつかを取り上げてみることにする。

天拝湖西北岸にある石上堅魚の歌碑（筑紫野市山口）38

大伴旅人傷心の歌

橘の花散る里の霍公鳥《ほととぎす》片恋しつつ鳴く日しそ多き

大伴旅人（巻八・一四七三）39・56

橘の花がしきりに散る里のほととぎすが、散った花に恋い焦がれて鳴くように私は亡き妻をひとり恋うる日が多いことです

旅人は神亀四年暮れに妻大伴郎女《おおとものいらつめ》と長子家持《やかもち》、次子書持《ふみもち》を伴い大宰府に着任したが、不幸にも着任間もない翌年の四月、妻が病気で他界してしまった。この歌は左注によれば旅人の亡妻に対する弔問勅使として都から訪れた式部大輔《しきぶのたいふ》石上《いそのかみの》朝臣《あそみ》堅魚《かつを》たち一行の弔問が済んだ後、府の役人らと共に記《き》夷の城《き》に案内し宴を開いたとある。「記《き》夷の城《き》」とは、佐賀県基山町の基山の山頂に大野城と同じ頃築かれた朝鮮式山城基肄《きい》城のことである。この歌は、この時堅魚が次の歌を

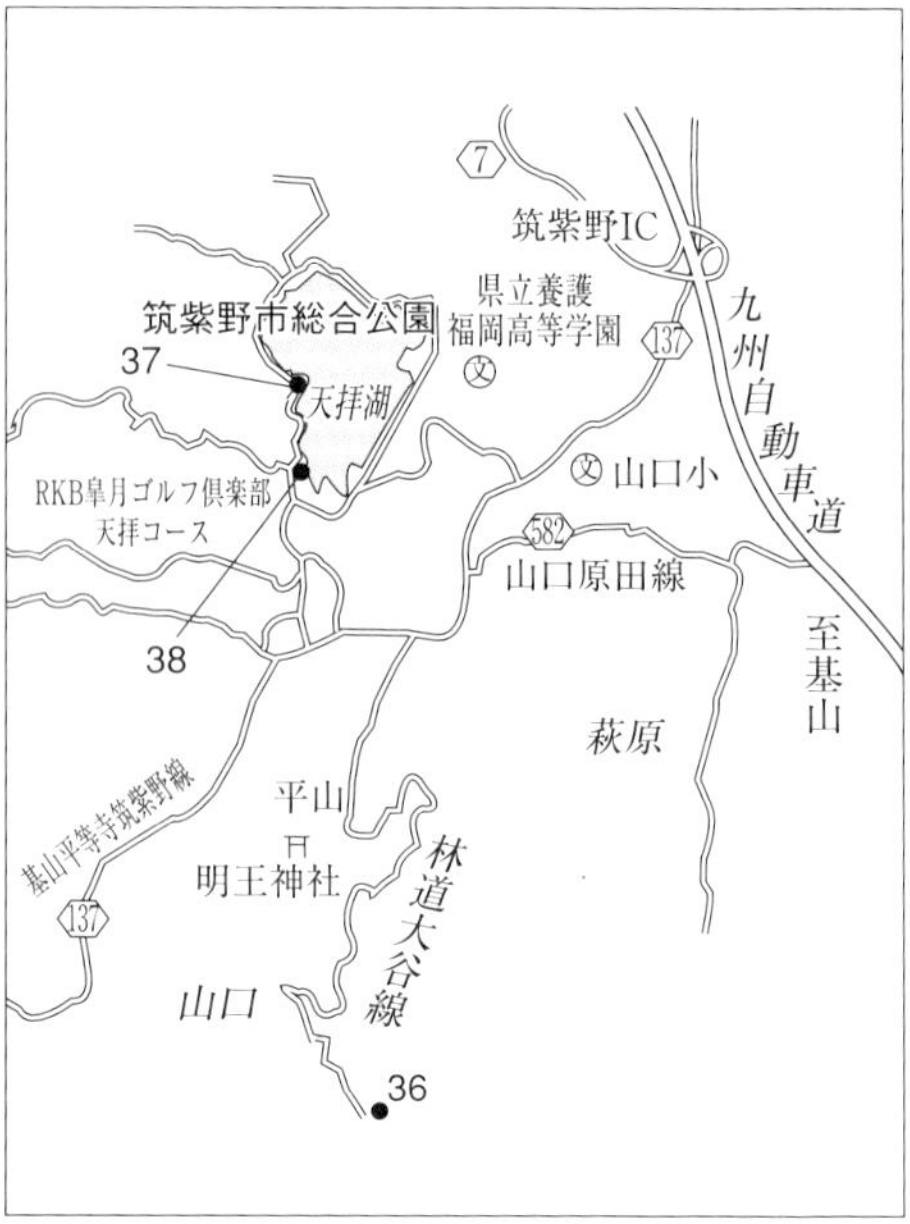

天拝湖周辺図

もって妻に先立たれた旅人に同情を示したのに対して、旅人が返した歌である。

ほととぎす来鳴き響《とよ》もす卯《う》の花の共にや来しと問はましものを

（巻八・一四七二）38

ほととぎすが来てしきりに鳴き立てている。お前は卯の花の連れ合いとしてやってきたのかと尋ねたいものだが

時期は夏六月の頃とて、堅魚がほととぎすと卯の花をもって同情の心を詠んだのに対し、旅人は花散る橘とほととぎすに託し悲しみの心を率直に表した。

この旅人の歌碑は歴史スポーツ公園と筑紫野市上古賀の文化会館前庭にあり、堅魚の歌碑は同市山口の天拝湖岸にある。

ただ思うに、大宰府政庁跡から基山までは直線距離にして約八キロ、基肄城は標高四〇四メートルの山頂にある。当時は既に朝鮮半島を統一した新羅や唐と、我が国の間は緊張関係が薄れており、およそ六十年前に築城された基肄城や大野城は大宰府防備の役目はなくなり廃城の状態ではなかったかと思うが、しかも夏になぜこのような難儀な所に勅使を案内し宴を開いたのか、現代の我々には理解し難いことである。しかしながら、実際に晴れた日の山頂に立つと、基山、鳥栖、筑紫野、太宰府、夜須の町並みなどが眼下に広がり、気分爽快なることこの上ない。現在は山頂近くに草スキー場があり、登山道が整備されているのでマイカーでも行きや

すく、訪れる人が多い。

旅人は八年前には征隼人持節大将軍《せいはやとじせつだいしょうぐん》として隼人（大和朝廷に従順でなかった九州南部薩摩・大隅に住した一族）を討伐した武人ではあったが、年老いての大宰府勤務であった上に、着任早々妻に先立たれ、その悲しみは深く、がっくりと肩を落としたことであろう。そして追い討ちをかけるように妻の死からおよそ一カ月後に異母妹大伴坂上郎女の夫大伴宿奈麻呂《おおとものすくなまろ》の訃報が届いた。題詞に「大宰帥大伴卿報凶問歌一首」（神亀五年六月二十三日）として次の歌が載せられている。歌碑はない。

世の中はむなしきものと知るときしいよよますます悲しかりけり
（巻五・七九三）

世の中とは空しいものだと思い知るにつけ、さらにいっそう深い悲しみがこみあげてきてしまうのです

不幸が続きひとり悲しみに沈み、断腸の涙を流していると告白しているのだが、愛する人、身近な人を亡くした者の心情は古今東西変わることはない。仏教では八大辛苦の一つ「愛別離苦」として説いているが、死んだ人のことが何かにつけて思い出され悲しみを深くする。

※八大辛苦＝生、老、病、死（四苦）に愛別離苦、怨憎会苦、求不得苦、五蘊盛苦の四つを加えた八苦をいう。

歴史スポーツ公園の大伴旅人歌碑（太宰府市）55

湯町にある大伴旅人歌碑（筑紫野市二日市）30

湯の原に鳴く蘆鶴《あしたづ》は吾《あ》が如く妹《いも》に恋ふれや時わかず鳴く

（巻六・九六一）55・30

湯の原で鳴いている葦鶴は私と同じように妻に恋い焦がれているのであろうか、時も定めず鳴き立てている

この歌碑は歴史スポーツ公園と二日市湯町の二日市温泉街にある。旅人は妻が死んだ年の冬、心癒しのために大宰府政庁から程近い次田《すいたの》温泉《ゆ》に湯治に行ったのだが、この時鶴がしきりに鳴く声を聞いて詠んだのがこの歌である。

鶴は冬シベリアや中国北部から飛来する大型の渡り鳥で、子を産み育て春にまた戻って行く。我が国では鶴は長寿の象徴であり、能や長唄の祝言曲にも「鶴亀」がある。

鶴は古くはタヅ（田鶴）ともツルとも呼ばれたが、田圃や湿原で餌をついばむ姿からタヅル、タヅの呼び名が生まれたらしい。蘆（葦）鶴は葦原にいる鶴のことである。その鳴き声は美しい姿に反しかん高く、決してきれいな声ではない。聞く人によっては騒がしく感じ、また逆にわびしく、もの寂しく感じるであろう。集中には人の悲しみをそそり、あるいは望郷、懐旧の念を起こさせる鳥として詠まれているものが多い。心癒しに行った旅人にとっては、鶴のしきりに鳴く声は亡き妻のことを思い出させるものとなった。

次田温泉は『和名抄』の筑前国御笠郡次田郷にある温泉で、現在の筑紫野市湯町（旧御笠郡武蔵村字湯町）の二日市温泉のことであり、旧名は武蔵温泉といった。古代は周辺一帯は葦の茂る湿原であったらしい。湯原は湯町の隣接地旧二日市村の小字に湯ノ原があり、ここが遺称地と考えられている。都府楼跡から南に約二キロ、ＪＲ鹿児島本線二日市駅から西に五〇〇メートルの位置にあり、福岡市にも近い交通の便もよい所であるので、近場の古湯良泉として今も多くの観光温泉客で賑わっている。

日本挽歌

旅人の妻の死を悼む山上憶良の歌碑は、太宰府市連歌屋の大町公園と、歴史スポーツ公園にある。

妹が見し棟《あふち》の花は散りぬべし吾が泣く涙いまだ干《ひ》なくに
（巻五・七九八）54・60

妻が好んで見た棟《せんだん》の花は奈良でももう散ってしまうに違いない、妻の死を悲しんで泣く私の涙はまだ乾きもしないのに

大町公園にある山上憶良の日本挽歌歌碑（太宰府市連歌屋）60

歴史スポーツ公園にある山上憶良歌碑（太宰府市）54

この歌は神亀五年七月二十一日の日付がある日本挽歌（長歌）と反歌五首のうちの一首である。もう一首が太宰府市の国分天満神社の境内にある。

大野山霧立ち渡るわが嘆く息嘯《おきそ》の風に霧立ちわたる
（巻五・七九九）47

大野山に今しも霧が立ち込めている、ああ私の嘆く息吹の風で霧が一面に

国分天満宮境内の万葉歌碑（太宰府市）47

立ち込めているのだ

日本挽歌は日本文による挽歌という意味であるが、この一連の歌は憶良が旅人になり替わり、旅人の気持ちになりきって妻の死を悼むという内容になっている。憶良と旅人の心の交流が強かったことを示すものであろう。

神亀五年七月二十一日という歌の日付は多分旅人の妻の百日忌に当たっていたのではないかと思われ、この日付で憶良が旅人に歌を贈ったものと考えられる。この日付け頃は憶良は筑前国守として管下の嘉麻郡を巡察中であった。よく知られた嘉麻三部作の歌はこの日付で嘉麻郡家において撰定されているからである。したがってこの日に憶良が大野山に霧が立ち込めているのを見たわけではなく、それより前に見て詠んでいたのであろう。

霧は人間の吐く嘆きの息によって生じるという考え方が古代人にはあった。旅人の嘆きの息で今大野山に霧が立ち込めているが、やがてそれは山に吸いこまれ、旅人の心も平穏が得られるであろうということを憶良が願っている歌である。

大野山（大城山）の歌

大野山（大城山）を詠んだ歌は先の憶良の歌の他に二首ある。一つは都から来た官人か一般人か定かではないが、旅先の太宰府で詠んだとおぼしき歌で、碑が歴史スポーツ公園の、大野山を真向かいに見る位置に建っている。

いちしろくしぐれの雨は降らなくに大城の山は色づきにけり

作者不詳（巻十・二一九七）58

それ程激しく時雨の雨が降ったわけでもないのに大城の山は早くも色づいてきたことだ

他の一つは天平二年十一月に大伴坂上郎女が、大宰府から帰京後に大宰府時代を懐かしんで詠んだ歌で、大きな灯籠形の碑が西鉄太宰府駅前の広場にある。

今もかも大城の山にほととぎす鳴き響《とよ》むらむわれなけれども

大伴坂上郎女（巻八・一四七四）49

今頃はちょうど大城の山ではほととぎすが鳴き立てていることであろう、私はもうそこにはいないけれども

大城山の歌の碑（太宰府市歴史スポーツ公園）58

西鉄太宰府駅前に建つ万葉歌碑（太宰府市）49

大宰府政庁の後背地をなす大城山（四一〇メートル）は元の名を大野山といい、天智天皇四（六六五）年、山頂に大野城（朝鮮式山城）が築かれたことから大城山と呼ばれるようになり、その後宝亀五（七七四）年、城を取り囲むように山頂の四方に新羅《しらぎ》調伏のため四天王（持国天＝東、広目天＝西、増長天＝南、毘沙門天＝北）を祀ったことから四王寺山とも呼ばれるようになった。山頂一帯は国指定特別史跡となっ

ており、多くの礎石群や百間《ひやっけん》石垣など大野城の遺跡がある。

山頂からは水城の大堤、博多湾岸に広がる福岡平野、九千部《くせんぶ》山・脊振《せふり》山の山並み、太宰府・筑紫野・夜須・佐賀県基山の家並みや田園風景が一望のもとに見え、大変見晴らしがよい所である。大野城を築いた場所として宜なる哉と思う。

整備された四王寺林道を利用すれば太宰府市、宇美町いずれからでもマイカーで簡単に行けるし、宇美町側に少し下ると「四王寺県民の森」の施設があり、太宰府側に少し下ると戦国時代の岩屋城跡がある。大友宗麟陣営の武将高橋紹運《たかはしじょううん》（初代柳川藩主立花宗茂の実父）が島津氏五万余の大軍と戦い壮烈な死を遂げた古戦場である。このように史跡もたくさんあり手頃なハイキングコースである。

歴史スポーツ公園の万葉歌碑（太宰府市）59

山上憶良歌碑（太宰府市歴史スポーツ公園）51

可刀利をとめの歌

歴史スポーツ公園の歌碑の中に面白い歌が一つあるので紹介する。

筑紫なるにほふ児ゆえに陸奥《みちのく》の可刀利《かとり》をとめの結《ゆ》ひし紐解く　作者不詳（巻十四・三四二七）59

筑紫のあでやかな女に目を奪われてその女のために陸奥の可刀利をとめが固く結んでくれた衣の紐を解くんだとさ

この歌は、筑紫からは遠い陸奥国（現在の福島県、宮城県、岩手県、青森県および秋田県東北部を含む地域）の人の歌、即ち東歌である。陸奥国から筑紫の防備のために徴用されてやってきた防人、もしくは筑紫へ何かの用事でやってきた陸奥国の男が、同僚の中に、筑紫の娘子にうつつを抜かす者がいたのであろう、筑紫への対抗意識を出して歌ったものらしい。

「可刀利（縑《かとり》）」は縒《よ》り合わせた糸で堅く織った目のつんだ薄い絹布のことで、古代中国では竹（木）簡に代えて文字を書き記すのにも用いられた。その織り技術は中国大陸もしくは朝鮮半島からまず筑紫に伝来し、それが陸奥国などにも伝わっていったと考えられている。

「可刀利をとめ」とは縑を織る機織り娘のことと思われるが、可刀利は縑の生産地名であるとする説や、香取の字を当てて下総国（千葉県佐原市）の香取神宮と関係ある地名であろうとする説などがある。

因みに福岡県久留米市のクルメとは、古代中国の呉から機織り技術集団が渡来し居住したことに由来する「呉女《くれめ》」もしくは「繰女《くりめ》」が語源だとする説がある。また田川郡香春《かわら》町呉《くれ》の地名語源も同様の説がある。

「紐解く」は、古代では衣服の紐、特に下着の紐を解くことは男女の交情を意味し、男女が逢って別れる時に相手の紐を結び、次に逢う時までは解かないことを誓う。あるいは旅立つ男（夫）の衣服の紐を女（妻）が自分の魂を込めて結び、旅の安全を祈るといった「結び」の呪術的な習慣があった。筑紫の美しい女に目がくらんだ男がその誓いを破ってしまったと歌は言っている。一見陸奥の女が男を難じて詠んだ歌のようであり、そのように解釈しているものもある。

現在でも博多美人、京美人、東北美人、秋田小町などの言葉を耳にするように、美人は全国どこにでもいるのであるが、この陸奥の男には筑紫の女の方が少し垢抜けて美しく見えたのであろうか。男とは元来浮気性の強い生き物なのである。それにしてもなかなか面白い歌である。

大宰帥大伴邸の宴の歌

大伴家は非常に古い時代から武をもって大和朝廷に仕えた有力豪族であるが、旅人の代の頃はその勢力は下り坂であった。旅人は中納言、征隼人大将軍、大宰帥、大納言を歴任しているが、その人物評は有能政治家というよりは、歌を見るかぎり大陸風文雅を愛し、酒好きの文人タイプの人で、かつ温厚で長者の風格を備えた人物であったようで部下や周りの人々から慕われたものと思われる。

彼が六十三歳という高齢で大宰帥に追いやられたのは藤原氏一族が左大臣長屋王（天武天皇の孫）の勢力を殺《そ》ぐための策謀であったといわれており、旅人は体制からの疎外感を強く持ったであろう。それから一年余の後に旅人の後ろ盾であった長屋王は、藤原氏の謀略により謀反の嫌疑を受け自害して果てた。その辺りのことは『続日本紀』天平元年の条に記されているが、旅人にとっては大きなショックであったであろう。さらにその年、最愛の妻を亡くし落胆大きく、もともと好きな酒と歌に日々気をまぎらわせたであろうことは想像に難くない。

旅人の讃酒歌十三首はこのような状態にあった天平元（七二九）年三月、帥邸で催された宴において詠まれた。

古《いにしへ》の七《なな》の賢《さか》しき人たちも欲《ほ》りせしものは酒にしあるらし　（巻三・三四〇）50

いにしえの竹林の七賢人たちさえも欲しくてならなかったのは酒であったらしい

※竹林の七賢人というのは中国の飲酒歌にあり、晋の阮咸《げんかん》以下七人の隠士が竹林で酒を酌み交わし清談に耽ったという故事。

この歌碑は歴史スポーツ公園にある。碑があるのは十三首中この一首だけであるが、他の歌では「くよくよ甲斐のない物思いに耽るより一杯の濁り酒を飲む方がましだ」、「こざかしいことを言うよりも酒を飲んで酔い泣きする方がましだ」、「分別くさい事ばかりして酒を飲まない人の顔を見ると猿に似ているようだ」などとなかなか蘊蓄のあることを歌っていて、酒飲みにとっては強い味方になる酒の歌ではある。同じ宴での歌に次の一首がある。

しらぬひ筑紫の綿は身に著《つ》けていまだは着ねど暖けく見ゆ

沙彌満誓　（巻三・三三六）37・42

筑紫産の真綿はまだ身につけて着たことはありませんが、いかにも暖かそうで見事なものです

万葉の散歩道始点近くにある歌碑（太宰府市歴史スポーツ公園）50

天拝湖の西岸門脇広場の万葉歌碑（筑紫野市山口）37

観世音寺にある沙彌満誓の万葉歌碑（太宰府市）42

当時税の一種である「調」は、各地の特産物である絹糸、絹布、真綿、麻布、塩、染料、紙などが納められていたが、九州の真綿は品質が良かったのである。九州各国の産物は一旦大宰府政庁に納められ、必要な分を取って残余を都へ送るという仕組みであった。この歌の裏には、みなが望郷の念にとらわれて「大和、大和」と都のことばかり言うので「筑紫だっていいところがありますよ」と真綿にことよせて言っている。また「筑紫の綿」は実は筑紫の女を意味しているらしいのであるが、僧侶の歌としてはあからさまに出せないので真綿で柔らかく包んで詠んだというところらしい。

沙彌満誓は出家前の俗姓を笠朝臣麻呂《かさのあそみまろ》といい、美濃守、尾張守、右大弁（兵部・刑部・大蔵・宮内の四省を監督する役職）などを歴任したのち、養老五（七二一）年、元明天皇の病気平癒を祈願して出家し、その二年後に造筑紫観世音寺別当（長官）となった。そして旅人と親交を持ち筑紫歌壇で活躍したのである。この歌の碑がゆかりの観世音寺境内にある。また筑紫野市山口の天拝湖畔にもあるが、こちらは平成十一年三月に建てられた新しいものである。

青丹《あをに》よし寧楽《なら》の京師《みやこ》は咲く花の薫《にほ》ふが如く今盛りなり　　大宰少弐小野老（巻三・三二八）89

奈良の都は咲き誇る花の色香が匂い映えるように今ちょうど真っ盛りだ

この歌も同じ宴でのものであるが、当時栄華を誇り絢爛たる天平文化の花を開かせた奈良の都を讃えた歌として大変有名な歌である。しかしながら、特権を有する貴族、神官・僧侶および上流階級の人たちの優雅な生活に比べ、多くの農民の暮らしは憶良の「貧窮問答歌」（巻五）にあるように、竪穴式住居の粗末な小屋に住み、重税に喘ぎながら衣食も満足にない、極めて貧しい生活をしていた。下級役人はそれより僅かにましという程度であった。

遣新羅使大判官《だいはんがん》壬生使主宇太麻呂《みぶのおみうだまろ》（従六位上）の歌に次のものがある。

旅にあれど夜は火燈《とも》し居《を》る我れを闇にや妹が恋ひつつあるらむ
（巻十五・三六六九）

こんなに苦しい旅の身空ではあるけれども夜には灯火のもとにいることができる私なのに、暗闇の中であの人は今頃じっとこの私に恋い焦がれていることであろう

灯油が貴重品であった当時、下級役人の家では夜遅くまで火を灯していることはできなかったのである。また農民から徴用された防人の歌にも貧しい生活を窺うことができる。

家《いは》ろには葦火《あしふ》焚《た》けども住み好《よ》けを筑紫《つくし》に至りて恋ふしけ思《も》はも
武蔵国橘樹郡上丁物部真根《むさしのくにたちばなのこほりのかみよぼろもののべのまね》　（巻二十・四四一九）

我が家では葦火を焚く貧しい暮らしだけれど、それでも住み心地はよいのに、遠く筑紫に行ってからその家が恋しく思われてならないだろうな

観世音寺（太宰府市）

葦火は火力が弱く竪穴住居の中は煙たくてしようがないのであるが、それでも葦を焚く以外はない貧しい生活の我が家、防人として筑紫に行ったらそれさえが恋しく思われると言っているのである。ただでさえ貧しいのに、農家では働き手を防人にとられると、それに輪をかけて困窮することになり、加えて東国から筑紫までの旅費は自弁であったのである。

韓衣《からころむ》裾《すそ》に取りつき泣く子らを置きてぞ来ぬや母《おも》なしにして

国造《くにのみやつこ》小県郡《ちひさがたのこほりの》他田《をさたの》舎人《とねり》大嶋《おほしま》（巻二十・四四〇一）

韓衣《からころも》（唐風の服）の裾にすがって泣く子を置きざりにして来てしまった。その子の母親もいないままに

防人として筑紫の国へ出発する父親の服の裾に取りすがって別れを惜しんで泣く子、その子には母親（防人の妻）が無かった。早くに死んだのであろうか、なのにその子を置いて行かなければならなかった。誰かに預けて出発したのであろう。「あの子はどうしているだろうか」と案じている父親の心情が哀れである。防人の制は苛酷であった。

小野老は「青丹よし――」の歌を詠む直前頃従五位下から従五位上に昇進している。そして八年後の天平九（七三七）年六月に大宰大弐従四位下に昇進し間もなく他界している。この歌の頃かなりの年輩であったと思われるが、昇進の喜びと反面その先が望めない中級役人の悲哀と諦め、上流階級に対する羨望などが入り混じった彼の気持ちが、この歌の裏に込められているという気がするのだが。

この有名な歌の碑は京都郡豊津町の豊前国府跡公園内万葉歌の森に建っている。また奈良市の平城京跡に復元されている朱雀門の前の広大な広場の一角にもこの歌碑がある。

山神ダムの小公園にある大伴百代歌碑（筑紫野市大字山口）35

太宰府天満宮境内にある大伴旅人歌碑（太宰府市）41

梅花の宴における歌

天平二（七三〇）年正月十三日（太陽暦二月八日）、大宰帥大伴旅人邸で梅花の宴が開かれ、帥以下の府官人および九国二島の国府役人三十二人が出席した。年頭を飾る宴で「園梅」を題として各人が一首ずつ歌を詠んだ。よく知られた「梅花の歌三十二首」である。時期的に太宰府の梅の盛りには少し早いが、序文に「梅は鏡前の粉を披く」（梅は鏡台の前の白粉のように美しく咲いている）とあるように満開と見立てたのであろう。

わが苑《その》に梅の花散る久方の天《あめ》より雪の流れくるかも

大伴旅人　（巻五・八二二）41

私の園に梅の花がしきりに散っている、天空から雪が流れて来るのであろうか、これは

梅の花散らくはいづくしかすがにこの城《き》の山に雪は降りつつ

大宰大監《だざいのだいげん》大伴百代《おほとものももよ》　（巻五・八二三）35・52

（旅人の前歌を受けて）梅の花が雪のように散るというのはどこなのでしょう、そうは申しますもののこの城の山（大城山）にはまだ雪が降っていますね、その散る花はあの雪なのですね

よろづよにとしはきふとも梅の花たゆることなく咲きわたるべし　筑前介《すけ》佐《さ》氏《じ》子首《このおびと》　（巻五・八三〇）40
万代ののちまでも年は経てもこの園の梅の花は絶えることなく咲き続けることであろう

春去ればまづ咲く宿の梅の花獨《ひと》り見つつや春日暮さむ　筑前守山上憶良　（巻五・八一八）43・69
春が来ると真っ先に咲く庭前の梅の花、この花をただひとり見ながら長い春の一日を暮らすことであろうか

春の野に霧立ちわたり降る雪と人の見るまで梅の花散る　筑前 目《さくわん》 田氏真上《でんじのまかみ》　（巻五・八三九）53
春の野に霧が一面に立ち込めており、降ってくる雪と人が見まごうぐらい梅の花が散っている

大宰帥邸は政庁の近くにあったようであるが、正確な場所はわからない。邸内には早春になると梅の花が咲

歴史スポーツ公園にある大伴百代歌碑（太宰府市）52

太宰府天満宮菖蒲池畔の佐氏子首の歌碑（太宰府市）40

き匂ったのであろう。梅は奈良時代に中国から渡来したといわれているバラ科の植物であるが、香気ある上品な花として当時の上流階級の人々に珍重された。

学問の神様菅原道真（天神様）を祀る太宰府天満宮は梅の名所としてもよく知られ、広い境内には一九七種、約六〇〇〇本の梅が植えられている。

太鼓橋を渡って楼門をくぐると本殿左手に伝説の飛梅（白梅）が植えられている。菅公が延喜元（九〇一）年、左遷されて大宰府に下る時邸内の梅を見て「東風《こち》吹かばにほひおこせよ梅の花主《あるじ》なしとて春な忘れそ」（『菅家集』）と詠んだところ、菅公を慕って一夜にして都から梅の木が飛んで来たと伝えられている。この歌はもちろん『万葉集』にはない。菅公が梅を大変愛していたことから太宰府天満宮の紋章は「梅花」である。因みに太宰府市の花は梅で、市章も梅の花を象っている。また福岡県の花も県章も同様である。

集中ウメは多くは「烏梅」と表記されているが、「宇梅」「有米」「于米」と表記されているものもある。また梅は古代はウメ、ムメと発音されていた。中国語ではmeiと発音され、梅が輸入された時「メ」に「ウ」音が加わって発音されるようになったらしい。ウメの木（酸果）の原字は某、楳（バイ）で、「梅」は本来は大木を表す文字であるので、ウメの木を現在「梅」と表記するのは借用である。

太宰府市庁舎前の憶良の歌碑（太宰府市）43

歴史スポーツ公園多目的広場そばの田氏真上歌碑（太宰府市）53

旅人の歌碑は天満宮境内の曲水の庭前に建っている。この曲水の庭では毎年三月第一日曜日に優雅な「曲水の宴」が催されており、観梅を兼ねた参拝客で大変な賑わいを見せる。

百代の歌碑は歴史スポーツ公園と筑紫野市山口の山神ダムの展望広場にある。佐氏子首の歌碑は天満宮菖蒲池の北畔に建っており、旅人の歌碑からすぐ近くである。また憶良の歌碑は太宰府市役所の前庭と嘉穂郡稲築町の鴨生《かもお》公園にあり、田氏真上の歌碑は歴史スポーツ公園にある。

御笠の森の万葉歌碑（大野城市山田）29

ある宴における遊びの恋歌

念《おも》はぬを思ふといはば大野なる御笠の森の神し知らさむ
大宰大監大伴《だざいのだいげんおおともの》百代《ももよ》　（巻四・五六一）29

あなたのことを思ってもいないのに思っているなどと言ったら、偽りに厳しい大野の御笠の森の神様もお見通しでしょう（私は罰を受けなければなりますまい）

この歌はある宴で百代が「恋する老人」として詠んだ四首のうちの一首である。彼は実際は老人ではなくこれは戯れの歌であり、歌の遊びである。

「大野なる御笠の森」は現在の大野城市山田二丁目にあり、国道三号線沿いの平地（住宅地）の中にぽつんとある小さな森である。スダジイ、モチノキ、タブノキ、ヤブニッケイ、ヤブツバキなどの貴重な照葉樹林で市指定の天然記念物となっている。この森の一角に横長の歌碑が建っている。昭和四十四年三月、筑紫郡大野町（現大野城市）が明治百年記念に建てたものである。大野城市名は大野山山頂に築かれた大野城に因んだもの、御笠という地名や森の名は神功皇后の御笠がつむじ風に飛ばされたという伝説に由来している。御笠川左岸にある御笠の森周辺は昭和三十年以前は田畑地で、しばしば御笠川の氾濫による被害を受け、その当時人家はほとんどなかったようである。現在は住宅や企業の建物が立ちこんで昔の面影はなく、今またこの森のすぐ北側は県道の新設工事が行われている。

さて、百代の恋の歌に応じて詠んだ大伴坂上郎女の歌二首がある。そのうちの一首が次の歌である。

黒髪に白髪《しらかみ》まじり耆《お》ゆるまでかかる恋にはいまだあはなくに　（巻四・五六二）

黒髪に白髪が入りまじりこんなに年寄るまで私もこれ程激しい恋にでくわしたことはありません

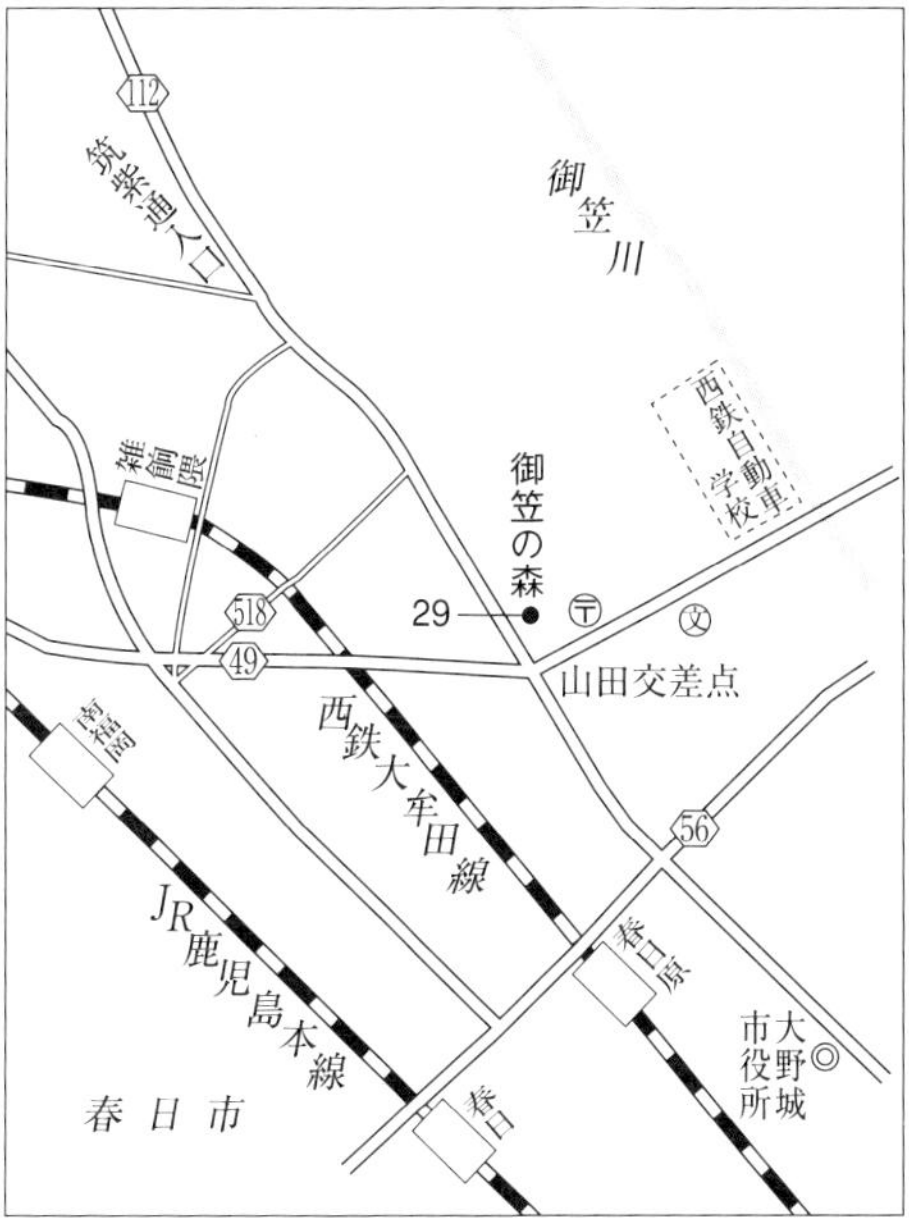

大野城市周辺図

この歌ももちろん遊びの歌である。「耆ゆるまで」の「耆《き》」という字は六十歳を表す字であるが、坂上郎女も百代と同じく実際にはそんな老女ではなかった。因みに「老」は七十歳を、「耋《てつ》」は八十歳を、「耄《もう》」は八、九十歳を表す文字で、「耄碌《もうろく》」とは年をとって呆けることであり、昔の人は年代を文字で使い分けていたのである。

坂上郎女は天平時代を代表する女流歌人で、集中に八十余首の歌があり、万葉初期の額田王と並び称される。神亀五（七二八）年の春、夫大伴宿奈麻呂

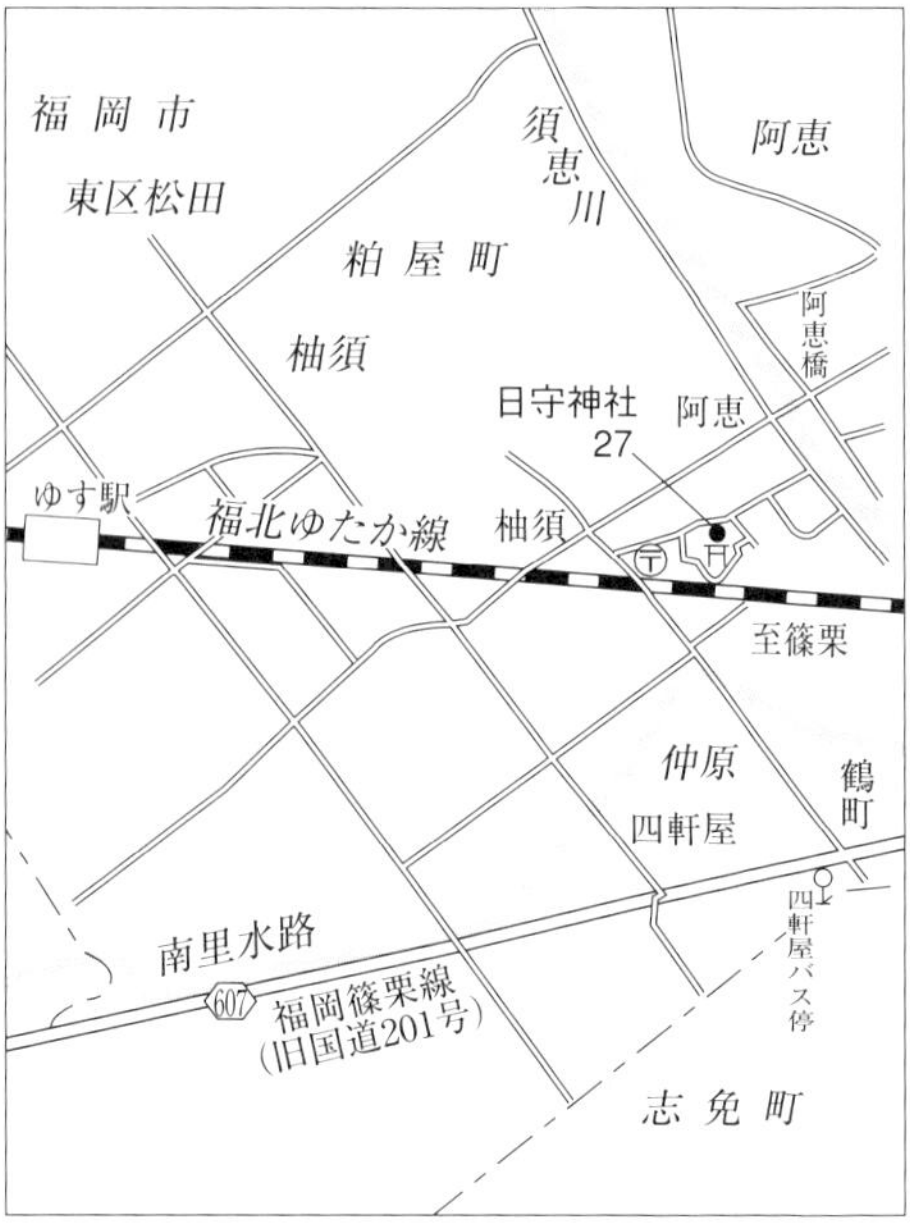

粕屋町大字仲原字日守周辺図

に先立たれ異母兄である旅人とその息子家持らの身の回りの世話をするため太宰府に下った。右の歌は太宰府在住当時宴に出席して詠んだものである。歌碑はない。

帰京する駅使を見送る歌

旅人は大宰帥に着任以来妻の死、異母妹の夫の死、後ろ盾であった長屋王の死と不幸の連続であった。天平二年正月の梅花の宴は年頭を飾る盛大な宴で、旅人にとっては今年こそは平穏なよい年であるようにとの願いがこめられていたであろう。

ところがこの年の六月、旅人は脚に重い瘡を患い病床で苦しんだのである。年齢的にも気弱になり、自分の命も長くはないと思ってか、遺言するため異母弟の大伴宿禰稲公《いなきみ》と甥の大伴宿禰胡麻呂を派遣してくれるよう朝廷に上奏した。この時十三歳の我が子家持らの面倒や大伴家の後事を託そうと考えたのであろう。早速両人が勅使として見舞いにやってきた。ところが幸いに数十日して病が癒えたので二人は京へ戻ることになった。そこで大監大伴百代、少典山口忌寸若麻呂《いみきわかまろ》、家持らが二人を送って夷守《ひなもり》の駅家（糟屋郡粕屋町日守《ひまもり》付近）に至り別れの宴を開いた。この時の百代と若麻呂の歌が巻四にある。

草枕旅行く君を愛《うつく》しみたぐひてぞ来し志賀の浜辺を
大伴百代　（巻四・五六六）27

都に向けて旅立って行くあなた方が慕わしくて離れ難いので、つい寄り添って志賀の浜辺の道を来てしま

いました

周防《すは》にある磐国山《いはくに》を越えむ日は手向《たむ》けよくせよ荒しその道

周防の国の岩国山を越える日には峠の神に心をこめて手向けをしなさい、険しく危険ですよその道は

山口忌寸《いみき》若麻呂《わかまろ》（巻四・五六七）

百代の歌碑が粕屋町の日守《ひまもり》神社境内入り口に、地元有志によって建てられている。揮毫者は当時の福岡県知事亀井光である。若麻呂の歌碑はない。

当時大宰府から都へ向かう官道は蘆城《あしき》、伏見《ふしみ》、綱別《つなわき》、田川《たがわ》、多米《ため》の各駅家をたどる東のコースと、水城の東門を出て久爾《くに》、夷守《ひなもり》、席打《むしろうち》、津日《つび》、嶋門《しまと》、独見《ひとみ》、到津《いたむつ》の各駅家を経て社埼《こそざき》（文字ケ関）に至る博多湾岸・響灘沿岸コース（大路）があった。稲公らはこの湾岸コースを選んだのであろう。夷守駅家の所在地については海の中道・志賀島への分岐点である福岡市東区和白辺りにあったとする説もある。「志賀の浜辺を」と詠んでいる百代の歌からすると、和白あたりとする説の方が妥当と思われるが、定かではない。

日守の万葉歌碑（糟屋郡粕屋町）27

なお、大伴胡麻呂は衰退する大伴家にあって、一族の期待する逸材として活躍した人物であるといわれ、天平勝宝四（七五

二）年、遣唐副使として渡唐、唐僧鑑真和上《がんじんわじょう》の来日に尽力し、翌年鑑真を伴って薩摩国坊津秋目浦に帰り着いたという。鑑真和上は失明の身の上で来日して後わが国に律宗を広め、奈良の唐招提寺や、三大戒壇である東大寺、薬師寺、そして太宰府の観世音寺の戒壇院を創建している。

粕屋町日守《ひまもり》は須恵川西岸沿いにあり、ＪＲ篠栗線（福北ゆたか線）柚須駅の東方約一キロ、国道二〇一号線の四軒屋バス停から北方約五百メートルの位置にある。もともとこの一帯は農村地であったが、現在は工場、倉庫、住宅が立ち込んで昔の面影はほとんどなく、歌碑も見つけにくい。

安野の待酒の歌

大宰府政庁跡から国道三号線を南下し、筑紫野市針摺交差点から左折して国道三八六号線（日田往還、朝倉街道）を甘木市方向へ進むと、約一一・七キロで朝倉郡夜須町の中心地篠隈《しのくま》に至る。篠隈交差点近く国道沿いにある同町中央公民館支館（元社会福祉センター）の前庭に大きな大伴旅人の歌碑がある。刻字は万葉仮名である。

為君醸之待酒安野尓獨哉将飲友無二思手　（巻四・五五五）61

君がため醸《か》みし待酒《まちざけ》安《やす》の野に独りや飲まむ友なしにして――あなたのために醸造しておいた折角の酒を安の野でひとり淋しく飲むことになるのか、友もいないままに

この歌は神亀六（七二九）年二月、部下の大宰大弐（次官）丹比縣守《たじひのあがたもり》が権参議兼民部卿となって帰京した時の送別歌である。この同じ月に都では前述のように長屋王の政変があり、長屋王もその家族も皆自害して果てた。旅人にとっては大きなショックであり自分の帰京は当分望めないと思ったに違いない。この安野の待酒

の歌は単に部下を送る惜別の情のみならず、自分は大宰府に取り残されたという淋しい心情を「ひとりや飲まむ友なしにして」と詠んだのであろう。

「安の野」は今の夜須町一帯の広野を指しており、この歌碑がある所から約一・五キロ南に「安野」という集落があるが、歌にいう「安の野」はこの安野集落に限定したものではない。夜須町は筑紫平野の北辺に位置し県内でも有数の農産地であり、国指定史跡「焼《やき》ノ峠古墳」をはじめ古代遺跡が沢山あるように、弥生の昔から開けた地方であった。町の北部にはよく知られた夜須高原があり、ここからは筑紫平野、耳納《みのう》山地、有明海などが遠望できる眺望のよい所で、ハイキングには絶好の地である。また自然豊かな地であるため、障害を持つ子どもたちの福祉施設、国立少年自然の家、ゴルフ場などがあって訪れる人が多い。

夜須（安）という地名は『日本書紀』に「神功皇后が羽白熊鷲という賊を討ち果たし我が心安しと語られたのでこの地を安という」と記している。大宰府の官人たちは安の野によく遊びに出かけていたもののようで、馬で駆け巡り、宴を張り歌を詠むなどして楽しんでいたのであろう。旅人もそのように宴を開いて一緒に楽しく飲もうと思っていたのに「君がいなくなっては独りで飲むことになるのか」と別離の淋しさを強調しているのである。

万葉仮名で刻字された歌碑（朝倉郡夜須町）61

古代、酒は蒸した米を噛んで醸造していたことから醸造することを醸《か》む、もしくは醸《かも》すといった。「待酒」は来客用に備えて

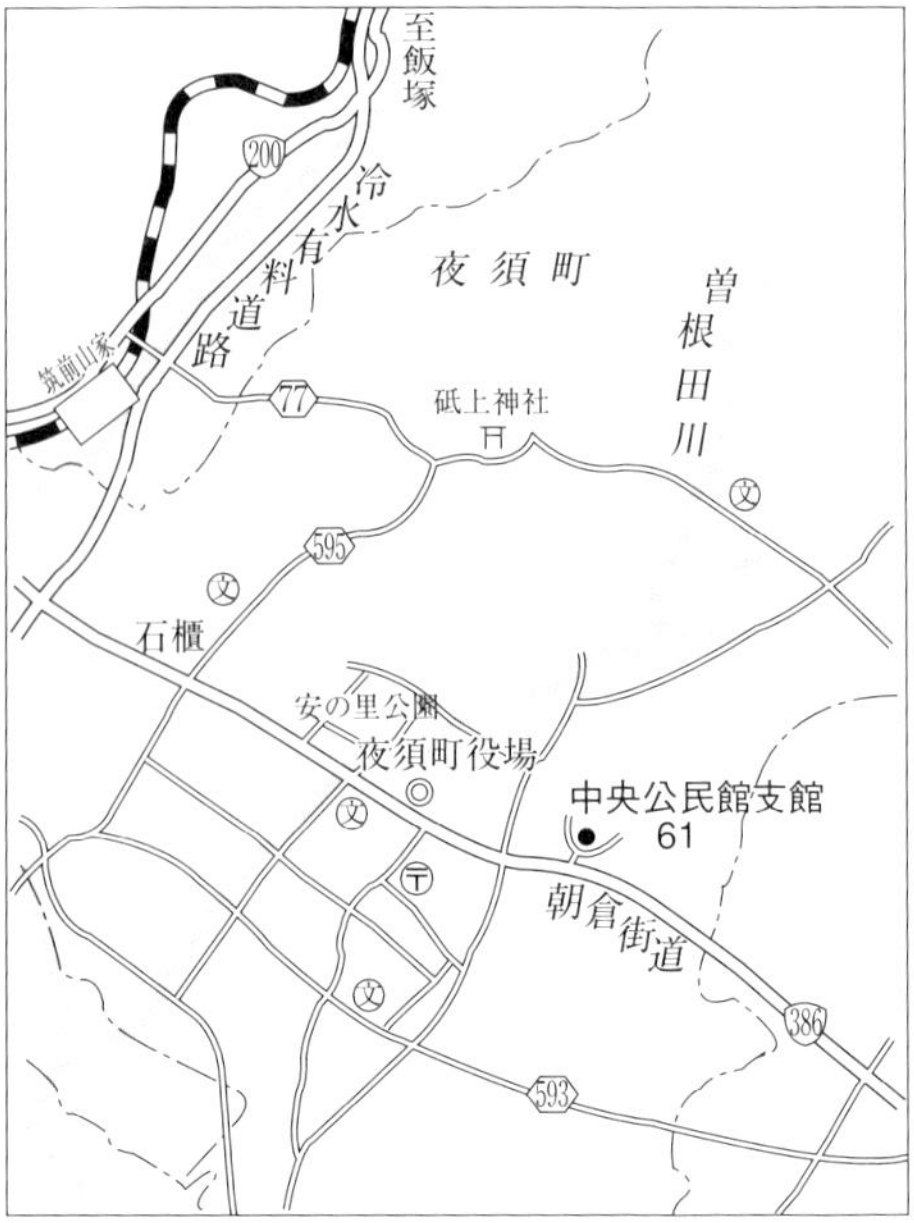

夜須町中心図

醸造しておく酒のことで、今のような清酒ではなく濁酒（どぶろく）であった。大宰府官人が用いた酒は当時糟屋郡志免町酒殿付近で造られていたといわれ、酒殿の地名はそのことに由来するという。

大伴旅人との別れを惜しむ歌

天平二（七三〇）年十月、旅人は大納言に任ぜられようやく帰京することになった。十二月の出立を間近に控え、一緒に帰京できない亡妻を偲んだ歌三首が巻三にある。

次の歌はそのうちの一首である。

帰るべく時はなりけり都にて誰手本《たがたもと》をか我が枕かむ　　大伴旅人（巻三・四三九）

いよいよ都に帰ることができる時期とはなった、しかし都でいったい誰の腕を枕にして私は寝たらいいのか

太宰府勤務三年にして帰京することになったが、お前が生きていてくれたなら一緒に都へ帰れたものをと、着任後間もなく病没した妻に呼びかけているのである。まことに悲しいことではあるが転勤先で妻を失うということは現代でもままあることである。そして地方勤務から本社に転勤することになると、栄転の喜びの一方で亡妻のことがしきりに思い出されて、異郷の地に眠る妻を置いて去る淋しさが男の心境を複雑にする。

夜須高原、砥上山を背景に（朝倉郡夜須町）

さて、いよいよ十二月、京へ向けて出立する日、水城まで府の役人たちが大勢見送りにやってきた。役人以外の人も多数いたことであろう。左注によれば見送り人の中に一人の娘子《をとめ》がそっと涙を拭いている姿があった。女の名は児《こ》嶋《しま》という。旅人の馴染みの遊行女婦《うかれめ》であったのであろう。

凡《おほ》ならばかもかもせむをかしこみと振りたき袖を忍びてあるかも　娘子児嶋《をとめこしま》（巻六・九六五）48

あなた様が並のお方であったなら別れを惜しんでああもこうも思いのままに致しましょうに、貴いお方なので恐れ多くて振りたい袖も振れないで堪えております

遊行女婦は現代で言えば料亭の仲居といったところであろうか、貴人の宴席に侍って座興をとりもつ女性で、相応の教養があったが、身分が低いので高官の旅人に対して大っぴらに袖を振って別れを惜しむということができなかったのである。

大和《やまと》道《じ》は雲隠《がく》りたりしかれども我が振る袖を無礼《なめし》と思《も》ふな

娘子児嶋　（巻六・九六六）

大和への道は雲の彼方に続いております、あなたがその向こうに行ってしまわれると思うと畏れ多いと思いながらもこらえきれずに振ってしまう袖、この私の振る舞いをどうか無礼だとお思いくださいますな

水城跡の碑（太宰府市）

旅人は歌二首をもってこれに和えた。

大和道《やまとじ》の吉備《きび》の児島《こしま》を過ぎて行かば筑紫の児島《こしま》思ほえむかも

（巻六・九六七）

大和へ行く道筋の吉備の国の児島を通り過ぎる時には、筑紫娘子の児島のことが思われて仕方がないだろうな

ますらをと思へる我れや水くきの水城の上に涙拭《のご》はむ

（巻六・九六八）48

自分をますらを（丈夫、立派な男子）だと思っているこの私が、別れに堪えかねて、水城の上でめめしくも流れる涙を拭いましょう

転勤見送りの情景は現在でも盛大、簡素の差はあるもののよく見受けることである。同じ職場で苦楽を共にした人やお世話になった部外の人たちと別れる一抹の淋しさは、転勤族ならば一度や二度は味わうことである。そういう経験のある人にはこの二人の情の深い惜別の歌には強くひかれるのではなかろうか。「凡ならば——」と「ますらをと——」の二首を刻んだ歌碑が太宰府市国分二丁目、衣掛天満宮《きぬがけてんまんぐう》入口近くの旧道沿いに建

っている。ここは以前は池であったが埋め立てられて住宅地になっている。

この辺りの旧町名は衣掛といった。その昔同天満宮の裏山に大きな松の木があり、菅原道真公がその枝に衣を掛けて休んだという故事に因み、神社名も町名も衣掛の名がついたという。その松の木は現在はない。

この歌碑から旧道を約二百メートル北へ行くと既に述べた水城東門跡がある。旅人一行はこの水城東門を出て北に進み博多湾岸の陸路を社埼（文字ケ関）へ向かったものと思われる。

大伴旅人を慕う歌

衣掛天満宮入口付近の万葉歌碑（太宰府市）48

旅人はまる三年の大宰帥の任を終え大納言となって帰京したが、この時年齢は六十六歳である。そして翌天平三（七三一）年七月二十五日従二位で没した。彼の人柄については讃酒歌のところで触れたように、実直な武人でありながら酒と文学を愛し、小さい事にこだわらず、また涙もろい一面を持っていたことは先の児嶋への歌でも窺うことができる。そういう人柄からであろうか、皆に慕われていたようである。蘆城の駅家における送別の宴での歌や、山上憶良の日本挽歌などにもそれがよく表れている。次の歌もその一つである。

今よりは城山道《きのやまみち》は不楽《さぶ》しけむわが通はむとおもひしものを
筑後守葛井連大成《ふじいのむらじおほなり》（巻四・五七六）36

あなたがいなくなったこれから先大宰府通いの城山の道は淋しくて仕方がないことでしょう、お目にかかるのを楽しみにせっせと通おうと思っ

九州自然歩道脇の万葉歌碑（筑紫野市山口）36

ていましたのに

この歌は題詞によれば帰京後の旅人を慕って詠んだ歌である。

まそ鏡見飽かぬ君に後《おく》れてや朝夕《あしたゆふへ》にさびつつ居《を》らむ

沙弥満誓（巻四・五七二）

いくらお会いしても見飽きることのない君に取り残されて、朝な夕なに淋しい気持ちでいることです

この歌も旅人の帰京後に満誓が贈ったものであるが、これに対して旅人が返した歌が次の二首である。

ここにありて筑紫や何処《いづち》白雲のたなびく山の方《かた》にしあるらし（巻四・五七四）46

ここ奈良からすると筑紫はどの方向になるのだろうか、白雲のたなびくあの山の遙か彼方であるらしい

草香江の入江にあさる蘆鶴《あしたづ》のあなたづたづし友なしにして（巻四・五七五）10

草香江の入江には餌をあさる葦鶴の姿が見えるが、ああ、何とも心細いことだ、共に語り合える友もいなくて

葛井連大成の歌碑は筑紫野市山口、林道大谷線の終点にある。ここは基山の北面に位置する山中で、九州自

草ケ江公民館前庭の大伴旅人歌碑（福岡市中央区）10

九州歴史資料館前庭の大伴旅人歌碑（太宰府市）46

然歩道の経路上でもある。県道一三七号線（基山平等寺筑紫野線）の八反田バス停から山口川を渡り、平山の集落を抜けると林道大谷線の入り口があるが、一般車はここで行き止まりである。この右脇に九州自然歩道があり、これを登っていくとおよそ三十分で歌碑にたどり着く。県内約百基の万葉歌碑の中で最も高い所にある碑である。樹木に囲まれ聞こえるのは鳥の囀りと木々の間を抜ける静かな風の音だけで、静寂の中で万葉歌を鑑賞するのもまた一興である。

ここから基肄城跡がある基山の山頂までは一キロ足らずである。また前記八反田バス停から県道を平等寺方向へ向かうと、車なら数分で山神ダムに行き着き、途中から右手に上がっていくと天拝湖に行き着く。山神ダム、天拝湖いずれにおいても山間の景色は素晴らしく気分爽快になること請け合いである。

歌にある「城山」とは基山のことであり、「城山道」というのは、当時筑後国府があった御井《みい》（久留米市合川町古宮付近）から北上し、基山の東側裾野を基肄（基山町）、長丘（筑紫野市永岡）の各駅家を経て大宰府へ至る官道のことである。現在の国道三号線とJR鹿児島本線に沿った道筋と思えばよいであろう。筑後国府の官人らはこの道を通って大宰府へ往復していたのである。

基山町大字宮浦に「関屋土塁跡」と「とうれぎ土塁跡」があり、基肄城と関連した防衛施設であったと考えられ小水城とも呼ばれている。

関屋土塁は古代官道（前記城山道）が通っていた所で、筑後国府と肥前国府への分岐点であった（基山町教育委員会刊『基山町の文化財ガイド』より）。葛井連大成の歌碑は基山町の町立歴史民俗資料図書館の玄関前にもある。

旅人の「ここにありて筑紫や何處――」の歌碑は太宰府市石坂の九州歴史資料館の前庭に建っている。また「草香江の――」の歌碑は福岡市中央区六本松の草ケ江公民館の玄関脇にある。この歌にある「草香江」は難波江（大阪湾）の東端にある入江（今の東大阪市日下町辺り）のことであるが、同名の地が大宰府から近い那津（博多湾）の入江にもあったことから、双方を重ね合わせて歌にし、心のつながりを強調したのであろう。

博多湾とその周辺

一大交易都市那津

古代からの国際都市博多

博多港は古くから那津《なのつ》、荒津、筑紫大津など色々な名で呼ばれ、太宰府から約一六キロの距離にあり大宰府政庁の外港として外交、貿易、軍事上重要な位置を占めていた。那津の「ナ」は『魏志倭人伝』に登場する奴国の「ナ」である。奴国は那珂川《なかがわ》流域、即ち今の福岡市中央区、博多区、春日市、筑紫郡那珂川町にまたがる地域を支配地としていた。江戸時代の天明四（一七八四）年、志賀島《しかのしま》で発見された金印に刻されている「漢倭奴国王」もその奴国の王のことである。大和政権が国家を統一してからは儺縣《なのあがた》となり、さらに律令国家となって国郡里制で那珂郡となった。

那津とは那珂の津（港）を意味しており、大陸・朝鮮半島に近接した位置にあるため古くから国内外の船の出入りが多く、博多は一大交易文化都市であった。遣唐使や遣新羅使もここから出航し、伝教大師（最澄）や弘法大師（空海）もここから渡唐するなど、那津は先進大陸文化の受け入れ口だったのである。その反面刀伊《とい》や蒙古などの外敵の侵攻をしばしば受け、甚大な被害を蒙っている。今に残る博多湾岸の今津、生《いき》ノ松原《まつばら》、西新百道《にしじんももち》などの元寇防塁や西新祖原《そはら》の元寇麁原《そはら》戦跡碑、その他各地の蒙古塚はその遺跡である。

博多湾の海岸線は、古代は今よりもずっと陸地に入り込み、切れ込みの大きい海岸線をなしていた。中央区草香江は博多湾の入江がここまであったことを示す地名であり、平和台前を東西に走る明治通り辺りまで海であった。律令時代の外国使節接待施設「筑紫館《つくしのむろつみ》」（鴻臚館）があったのもこの海辺に臨む場所であった。その

香椎大社本殿（福岡市東区）

遺跡地は戦後平和台野球場となっていたが、昭和六十二年に、その改修工事に伴う発掘調査で関連遺構が発掘された。平和台球場は平成十一年に解体され、現在は鴻臚館跡展示館が建てられている。この他博多湾周辺には古代の遺跡が数多く存在している。

さて、その歴史豊かな那津周辺にはゆかりの万葉歌碑がたくさん建てられている。

仲哀天皇、神功皇后ゆかりの香椎浜

福岡市東区香椎《かしい》一丁目、香椎宮頓宮《とんぐう》の参道大鳥居の脇に「香椎潟万葉歌碑」が建っている。明治二十一年に建てられたもので、当時の内大臣、三條實美の筆になる三首が万葉仮名で刻まれている。

神亀五年冬十一月大宰官人等奉拝
香椎廟訖退帰之時駐馬于香椎浦各述懐作歌
帥大伴卿歌一首
去来児等香椎乃潟尓白妙乃袖左倍所沾而朝菜採手六　（巻六・九五七）21
いざ子ども香椎の潟に白妙の袖さへぬれて朝《あさ》菜《な》採《つ》みてむ――さあ皆の者、この香椎の干潟で袖の濡れるのも忘れて朝餉の藻を摘もうではないか

大弐小野老朝臣歌一首

時風応吹成奴香椎滷潮干汭爾玉藻苅而名　（巻六・九五八）21
時津風吹くべくなりぬ香椎潟 潮干の浦に玉藻刈りてな――海からの風が吹き出しそうな気配になってきた、香椎潟の潮の引いているこの入江で今のうちに玉藻を刈りましょう

豊前守宇努首男人歌一首
往還常尓我見之香椎滷促明口後尓波見縁母奈思　（巻六・九五九）21
往き還り常に我が見し香椎潟明日ゆのちには見むよしもなし――大宰府への行き帰りにいつも見馴れた香椎潟、私にとって懐かしい香椎潟ではありますが明日からは見るすべもありません（今日限りの見納めで都に帰るので

明治二十一年三月　内大臣　三條實美

香椎宮頓宮参道大鳥居東脇の万葉歌碑（福岡市東区）21

この三首は題詞によると、神亀五（七二八）年冬十一月、旅人以下大宰府の官人らが香椎廟（香椎宮）に参詣しての帰途、香椎の浜で馬を駐めて詠んだものである。毎年十一月六日に大宰帥が国司や郡司を率いて香椎廟に参拝することは、重要な年中行事であったという（『香椎宮編年記』）。

香椎宮は仲哀天皇と神功皇后が熊襲征伐のため筑紫に下った時の行宮橿日宮が在った所に、神亀元（七二四）年、造営されたもので、仲哀天皇・神功皇后ならびにその子応神天皇を祭神としている格式の高い神社（旧官幣

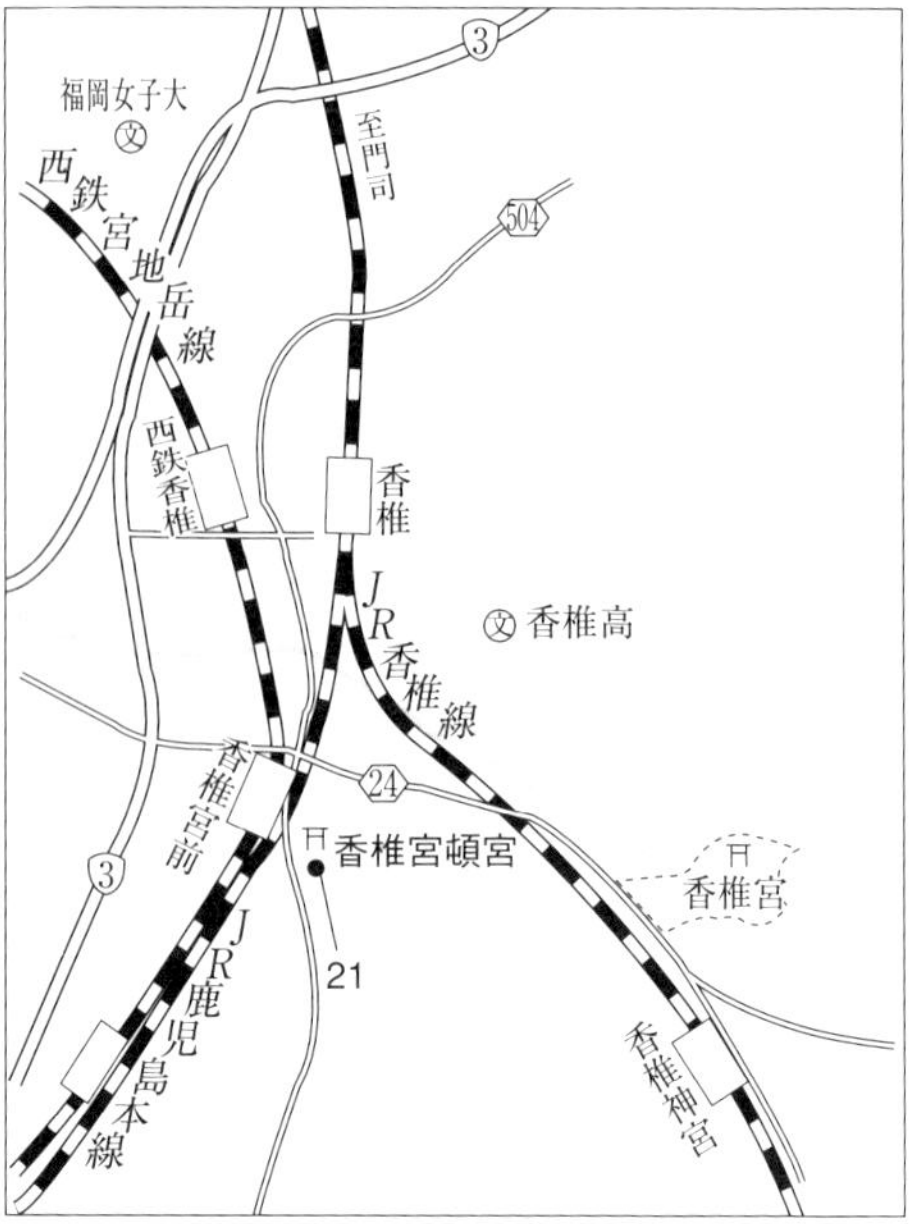

香椎周辺図

大社）であることから廟と称したのである。

香椎宮頓宮は香椎宮の出先の神社のことであるが、香椎宮から頓宮までの道（県道二四号線）を勅使道《ちょくしみち》という。朝廷から香椎宮へ遣わされた勅使は一旦頓宮へ入り威儀を整えてから香椎宮へ向かったのでこの名がある。旅人一行もこの道を通ったのであろう。

香椎宮からその勅使道を国道三号線へ向かうと、参道交差点の手前約三〇〇メートルの所にＪＲ鹿児島本線と西鉄宮地岳線の踏切りが並行しており、踏切りの手前左側は小高い丘になっていて坂道の参道を上りつめた所に頓宮がある。昭和初期までは、この丘の下まで博多湾の波が打ち寄せ、潮干狩りができる遠浅の磯浜で、香椎潟、香椎浦、香椎浜と呼ばれた。つまり今の鉄道も国道も海の下にあったのである。しかしながら、明治期以降博多湾の埋め立てが進み、香椎浜の海岸線は遠く北に退き、住宅、マンション、ビルなどが立ち込んで福岡市の東の副都心となり、美しい白砂青松の浜辺はすっかり様変わりしてしまった。

香椎浜の沖合いに、人工島アイランドシティの埋め立て造成工事が進められ、既に香椎浜とアイランドシティを結ぶ「御島かたらい橋」、アイランドシティと海の中道《なかみち》を結ぶ「海の中道大橋」が平成十四年に開通し、福岡都心から西戸崎《さいとざき》、志賀島へ行くのに以前のように和白を回って行く必要がなくなり、大変便利になった。

因みに、松本清張の小説『点と線』に、香椎浜が男女の死体発見現場として登場している。海の中道、志賀島、残の島（能古島《のこのしま》）が見える眺望のきれいな浜であると紹介し旅人の香椎潟の歌を載せている。

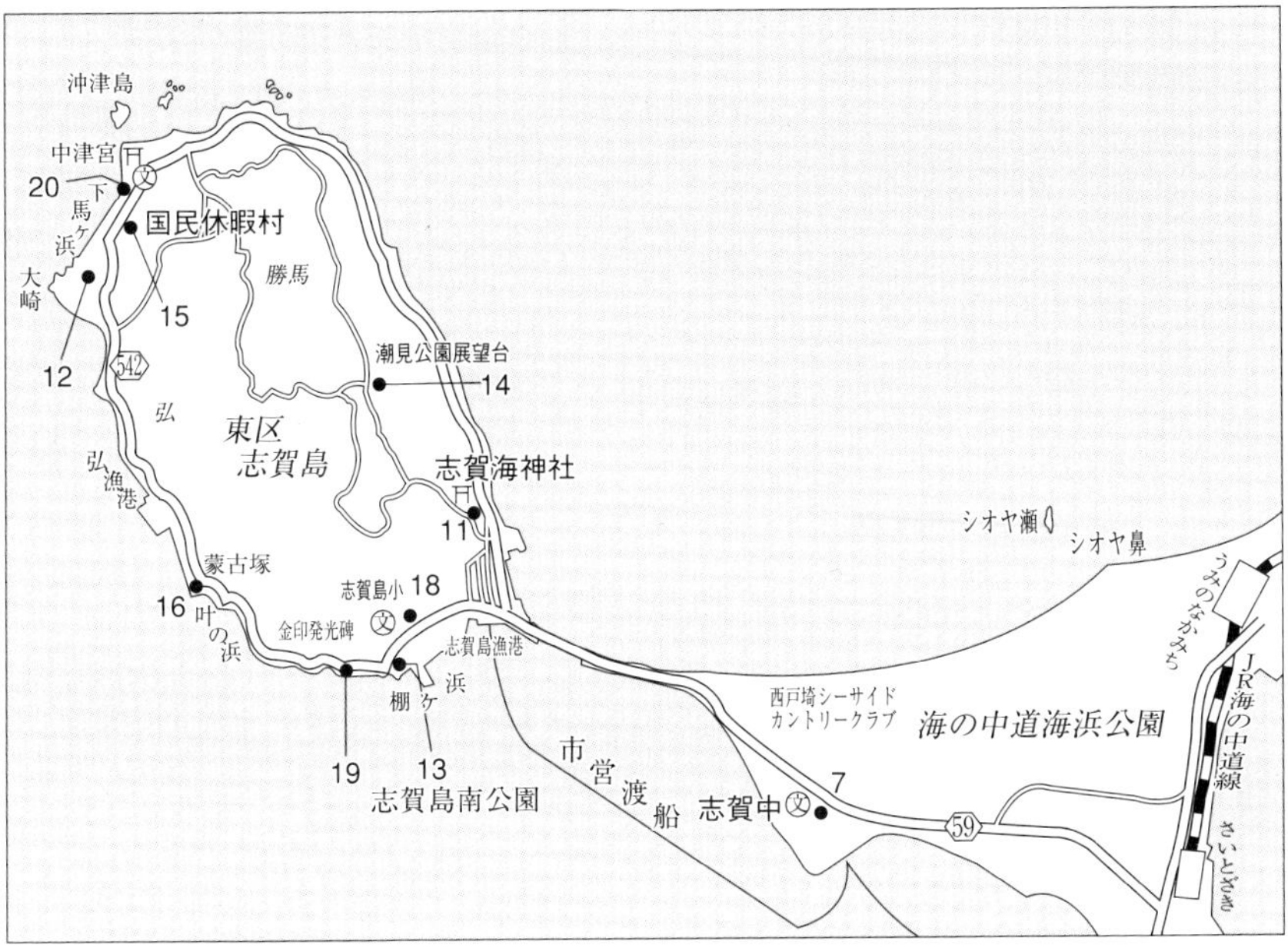

志賀島

志賀島の歌

香椎から博多湾東側沿岸を走る国道四九五号線（旧三号線）を北上し、和白交差点から西へ折れるとこれより海の中道となる。ここから県道五九号線を奈多《なた》、雁《がん》の巣《す》、西戸崎と進んで行くと、その先が博多湾の北正面に位置する志賀島である。海の中道は、京都府宮津の天橋立と同じ砂州《さす》（砂嘴《さす》）で、長さ十二キロ。西の先端は満潮時に水没するので橋が架けられ、志賀島と繋がっている。

外海（玄界灘）に面した奈多の海岸は松林の続く美しい海岸線をなし、内海（博多湾）に面した海岸一帯には雁の巣レクリエーションセンター、海の中道海浜公園、マリンワールド海の中道水族館などのレジャー施設があり、また東部の和白干潟は多くの野鳥が飛来することで知られている。海の中道の中間に位置するＪＲ香椎線海の中道駅一帯は砂丘となっているが、駅の西北約三万平方メートルは「海の中道製塩遺跡」で、奈良時代から漁業集落が存在した所である。『万葉集』には後述するように志賀の

志賀海神社本殿（福岡市東区志賀島）

海人の塩焼く様子が歌われている。

志賀島は周囲一一キロ、南北に長い楕円形の島である。中央部山地の最も高い所（一六八メートル）に潮見公園展望台があり玄界灘、博多湾など三六〇度の景色が見渡せる眺望絶佳の場所である。同島は古代海人族「阿曇《あづみ》（安曇）」の本拠地で阿曇氏が海の守護神「綿津見三神」を祀っているのが、式内社（『延喜式』神名帳に載っている神社）である志賀海《しかうみ》神社で、古代から広く知られていた。市営志賀島渡船場から徒歩約五分の山腹に鎮座している。参道の石段を上っていくと途中参道脇に万葉歌碑がある。

ちはやぶる鐘の岬を過ぎぬとも　われは忘れじ志賀の皇神《すめがみ》

作者不詳（巻七・一二三〇）11

恐ろしい神の荒れ狂う鐘の岬を漕ぎ過ぎてしまったとしてもわれらは忘れまいよ、志賀にいます海の守り神の御加護を

「鐘の岬」は海女発祥の地として知られる宗像市北端の鐘崎《かねざき》（旧玄海町）にあり、鐘崎漁港京泊《きょうどまり》辺りから小高くなり海に突き出た岬で、最も高い所を佐屋形山といい武内宿禰を祀った織幡《おりはた》神社がある。神功皇后が三韓出兵の折り、武内宿禰大臣が赤白二本の旗を織って竹竿につけ宗像大神に戦勝祈願をしたので織幡の名があると伝えられる式内社である。この岬から北西約一・五キロの海上に浮かぶ地《じ》ノ島との間の海域は玄界灘と響灘との境をなす、いわゆる迫門《せと》で、岩礁が多く波が大変荒いので古代からよく知られた航海の難所である。

この歌は奈良の都から太宰府へ向かう役人が、難波の港を出航し瀬戸内の武庫川、明石、早鞆《はやとも》の瀬戸（関門

志賀海神社参道石段西側にある万葉歌碑（福岡市東区志賀島）11

海峡）、岡湊《おかのみなと》（遠賀郡芦屋町）、鐘崎、荒津と海路を辿るにあたり、海の守護神としてよく知られた志賀の皇神に航海の安全を祈って詠んだ歌である。

志賀島にはこの一号碑以下十基の歌碑があるが、一号から四号までは昭和四十六年四月に、福岡市と合併する前の糟屋郡志賀町が建てたものである。十基の歌を大別すると、

ア 志賀の白水郎《あま》（漁師）荒雄の遭難死を悲しむ山上憶良の歌三首
イ 遣新羅使人の歌三首
ウ その他志賀の海人の塩焼く歌など四首

となっている。以下これらの歌碑について述べることにする。

志賀の白水郎の歌

神亀年中、大宰府政庁から対馬に食糧を運ぶよう官命を受けた宗像郡の津麻呂という船頭から、志賀島の船頭荒雄が代役を頼まれた。これを快く引き受けた荒雄は船名「鴨」という船で肥前国松浦縣美祢良久埼《みねらくのさき》（長崎県五島の福江島の三井楽町柏崎）から対馬に向けて出航したが、途中暴風雨に遭い難破して帰らぬ人となった。このことを知った筑前国守山上憶良が荒雄の妻子に代わってその悲しみの歌を詠んだ。それが筑前国志賀白水郎歌十首で、次はそのうちの四首である。

① 沖つ鳥鴨とふ船は也良《やら》の崎たみて漕ぎ来と聞えこぬかも

（巻十六・三八六七）19・25

沖の鳥の鴨という船は也良の崎を廻って漕いでくると聞こえてはこないかなあ

② 志賀の山いたくな伐《き》りそ荒雄らがよすかの山と見つつ偲はむ

（巻十六・三八六二）12

志賀の山の木をあまり伐って下さるな、荒雄の縁りのある山として見ながら思い出の種といたしましょう

③ 大船に小船ひきそへ潜《かづ》くとも志賀の荒雄に潜きあはめやも

（巻十六・三八六九）15

大船に小船を引き連れて海に潜って捜そうとも、今となっては志賀の荒雄に海中で逢うことができようか、できはしない

④ 沖つ鳥鴨とふ船の帰り来《こ》ば也良の埼守《さきもり》早く告《つ》げこそ

（巻十六・三八六六）26

志賀島棚ケ浜海岸に建つ万葉歌碑（福岡市東区）19

沖の鳥の鴨という名の船が帰って来たならば、也良の崎守（也良の岬の見張り人）よ一刻も早く知らせておくれ

当時対馬では米はほとんど穫れず、九州諸国は毎年交替で島の役人や防人のための米を送っていた。『魏志倭人伝』にも対馬国は「絶島にして（中略）土地は山険しく深林多く（中略）良田なく海物を食らいて自活し、船に乗りて南北に市糴《してき》す」と米の穫れないことを記している。荒雄は志賀島の大浦田沼《おほうらたぬ》（現在の勝馬）に住んでいた漁師（船頭）で、「鴨」という船で支援米の輸送の任に就いたのである。「也良の崎」というのは志賀島から目と鼻の先に見える能古島の北端、也良岬のことである。

①〜③の歌碑は志賀島の棚ケ浜海岸、大崎鼻、勝馬の志賀島国民休暇村の庭に建っている。また①の歌碑は能古島江口の百田博実氏（篤農家）邸にもあり、④の歌碑は能古島也良岬にある。

能古島は博多湾に浮かぶ周囲十二キロ、南北三・五キロ、東西二キロ、最高点は一九五メートルの台地状をした茄子形の島で、歴史と観光の島である。古くは能許、能巨、残島とも書かれ、神功皇后が朝鮮出兵からの帰途立ち寄り、戦勝に感謝して住吉神を祀ったが、それを残して都へ帰った。それが島の産土《うぶすな》神白鬚《しらひげ》神社であり、残島の名の由来となっている。

天智天皇三（六六四）年、国防強化のため壱岐、対馬、筑紫に防人《さきもり》と烽《とぶひ》（のろし台）が設置されたが、能古島は設置された場所としてはっきりしている唯一の所である。④の歌に「也良の埼守」とあるのはこの防人のことであろう。今、島の北端一帯は「のこのしまアイランドパーク」という花と緑の広大な公園である。北端の一角にのろし台が復元されており、ここから志賀島、海の中道、玄界島などが一望できる。またすぐ近くに④の也良崎万葉歌碑がある。福岡市西区姪浜渡船場から能古島までは船で約十分である。

志賀島大崎鼻に建つ憶良の歌碑（福岡市東区）12

志賀島国民休暇村本館東側の庭に並ぶ荒雄の碑と万葉歌碑（福岡市東区）15

荒雄は何故那津・壱岐・対馬の航路をとらず、わざわざ遠い美祢良久《みねらく》まで行きここから対馬へ向かったのであろうか。潮流や風の関係によるものであったのか、その理由はわからない。美祢良久崎（『肥前国風土記』では「美弥良久」、『続日本紀』では

志賀島棚ケ浜海岸から志摩半島に沈む夕陽をみる

「旻樂」）は万葉時代「値嘉島《ちかのしま》」と呼ばれた五島列島の福江島の北西端にあり、現在の長崎県五島市（旧南松浦郡）三井楽町柏崎である。遣唐使船は新羅国との関係が悪化してからは朝鮮半島沿岸航路をとらず、那津を出航すると唐津を経て美祢良久に至り、ここから渡唐する南路がとられ、時には薩摩半島に下りここから渡唐する南島路をとることもあった。したがって遣唐使船にとっては美祢良久は国内最後の寄港地であり、ここで食糧や飲料水を積み込み船の手入れなどをして唐を目指したのである。遣唐使船は長さ三〇～五〇メートル、幅六～九メートル、二本の帆を備えた木造帆船で、一隻に一三〇人位が乗り込み、当初は二隻、後には四隻で船団を組んだが、風がない時、あるいは逆風にあうと帆が使えず、水夫が櫓を漕ぎ進むといった具合で、嵐に遭遇するとひとたまりもなく転覆し、風と潮のままに漂流した。当時の未熟な造船技術、航海技術の下では常に命懸けの渡唐であったのである。遣新羅使船もほぼ同程度のものであったであろう。したがって荒雄の船「鴨」もこれより上等のものであったはずがない。

　三井楽町柏崎公園には天平勝宝四（七五二）年、第十次遣唐使船で渡唐した弘法大師空海の語とされる「辞本涯」（本涯を辞す）の碑と次の万葉歌碑が建っている。

旅人の宿りせむ野に霜降らば我が子羽ぐくめ天の鶴群《つるむれ》

遣唐使の一員の母　（巻九・一七九一）

150

旅人が仮寝をする野に霜の降る夜には、どうか我が子を羽で包んでやっておくれ、天翔り行く鶴の群れよ

この歌は遣唐使の一員として難波津を出発する息子の無事を祈って詠んだ母親の切々たる歌である。歌碑の揮毫者は、当時の中華人民共和国駐長崎総領事顔萬榮氏である。

また同町白良《しらら》ケ浜万葉公園には、高く聳える「西のはて万葉の里」のシンボル塔および「筑前国志賀の白水郎の歌十首」の万葉歌碑と、十首中の第一首を刻んだ立派な歌碑が建っている。揮毫者は文学博士犬養孝である。

王之不遣尓情進尓行之荒雄良奥尓袖振

筑前守山上憶良（巻十六・三八六〇）148・149

大君の遣《つかは》さなくにさかしらに行きし荒雄ら沖に袖振る——天子様から遣はされたわけでもないのに、自分から進んで出かけていった荒雄が別れを惜しんで沖で袖を振っている

志賀の海人は
藻刈り塩焼き
いとまなみ
髪梳の小櫛
取りも見なくに

志賀島勝馬海岸にある万葉歌碑（福岡市東区）20

志賀島叶ノ浜蒙古塚そばの万葉歌碑（福岡市東区）16

志賀の海人の塩焼きの歌

志賀島の海人《あま》（海女）は製塩の故か、各地の海人の中でも格別人々の関心を引いていたらしい。太宰府へ旅する官人や遣新羅使人らが、志賀の海人を詠んだ歌は荒雄の歌を除き、集中に

岸）にある。

十首ある。いずれも作者不詳であるが、次の一首だけは作者名があり、その歌碑が勝馬の下馬ケ浜（中津宮海

志賀の海人は藻刈り塩焼き暇《いとま》なみ髪梳《くしげ》の小櫛《おぐし》取りも見なくに

大宰少弐石川朝臣君子《いしかわのあそみきみこ》（巻三・二七八）20

志賀島の海女は海藻を刈ったり塩を焼いたりして暇がないので、櫛箱の小櫛を手にとって見もしない

激しい労働に追われて身なりを整えるゆとりもない志賀の海女を思いやって詠んだ歌である。

志賀のあまの塩焼く煙風をいたみ立ちは昇らず山にたなびく

作者不詳（巻七・一二四六）16

志賀の海人の藻塩を焼く煙りは、浜から吹き上げる風が激しいので、真っすぐに立ち昇らないで山の方へたなびいている

当時の製塩は海水を煮沸したり海藻を焼いたりして作っていた。「塩焼く煙」とはそのことを指している。志賀島の製塩は当時、志賀海神社の綿津見三神と共に世によく知られていたのである。

志賀島は前述のように金印（国宝）の発見地として知られているが、その発見場所と考えられている叶《かのう》ノ浜の丘陵地に金印公園がある。ここから少し西方に蒙古塚があり、そのすぐ近くの道路沿いに海を眺めるように右の歌の碑が建っている。福岡県と福岡市の文化財専門委員であった筑紫豊氏の揮毫によるものである。

次の歌は塩焼きの歌ではなく志賀の海人の漁火《いさりび》の歌である。志賀島漁港そばの小さな公園に歌碑がある。以

前はすぐそばに国民宿舎「しかのしま苑」があったが平成十三年九月に廃業し今は建物もない。

志賀の白水郎《あま》の釣りし燭《とも》せる漁《いさ》り火のほのかに妹《いも》を見むよしもがも　作者不詳（巻十二・三一七〇）13

志賀の海人が夜釣りに灯している漁火のちらちらする光りのように、ほんのちらっとでもよいからあの子の姿を見るきっかけがあったらなあ

志賀島漁港前の万葉歌碑（福岡市東区）13

志賀の漁師が夜釣りする舟に灯している漁火を見て、作者は遠く離れた故郷の妻を偲んだのである。漁火といえば夏に熊本県の不知火海（八代海）で見える「しらぬい」が大変有名であるが、これは漁火の点滅とも夜光虫のせいだとも言われている。その詮索はともかくとして、遠く暗い海上にちらちらと見える漁火は幻想的で、見る人の郷愁を誘うものである。故郷を遠く離れている者にはその感ひとしおであろう。

なお、志賀島には遣新羅使人の歌碑が三基あるが、これについては遣新羅使人の歌として次の項でまとめて述べることにする。

遣新羅使人の歌

遣新羅使は大化二（六四六）年を第一回として、宝亀十（七七九）年の第二十七回まで派遣されているが、『万葉集』巻十五の前半を占める一四五首の遣新羅使人の歌は天平八（七三六）年、第二十三回の

志賀島小学校玄関脇に建つ万葉歌碑（福岡市東区）18

時のものである。この時の大使は従五位下阿倍朝臣継麻呂《あべのあそみつぐまろ》、副使は正六位上大伴宿禰三中《みなか》であった。

一行は四月下旬（現在の六月上旬）、奈良の都を出発、六月一日頃（現在の七月十三日頃）、難波津を出航、瀬戸内海を通り六月十五日頃佐波島の沖（山口県防府市の沖、周防灘）で逆風に遭い漂流し、翌十六日豊前国分間《わくま》の浦（大分県中津市田尻港）に漂着した。そしてようやく六月下旬荒津の筑紫館に到着した。ここに約一カ月間滞在した後出航、僅か十八キロ先の志麻郡韓亭《からのとまり》（現福岡市西区唐泊）に七月二十五日頃（現在の九月上旬）に到着して、ここでまた風待ちのため数日間滞在した。七月末頃韓亭から約三〇キロの志摩半島の西部、引津亭《ひきつのとまり》（糸島郡志摩町岐志）に到着、ここでも数日風待ちした後、肥前国松浦郡狛島亭《かしわじまのとまり》（「狛島」は「柏島」の誤表記であろうと思われる。現在の佐賀県唐津市神集島《かしわじま》）に向けて出航している。

この後一行は壱岐、対馬へと進み新羅国へと渡ったが、同国では使節を拒否され目的を果たせず、翌九年正月下旬、大判官壬生使主宇太麻呂《みぶのおみうたまろ》以下の一部の者が帰京した。大使は帰途対馬で病没、副使ら四十人は病気のため約二カ月遅れて帰京している。

このように天平八年の遣新羅使は大流行した天然痘にやられ、悪天候に悩まされた上険悪な関係にあった新羅国では使節を拒否されるなど散々な目にあって終わったのである。

さて、遣新羅使の歌の中で福岡県関係の歌としては筑紫館に到着してから引津亭までのものであるが、遣新羅使の歌は総じて苦しい旅をする使人たちの望郷旅愁の歌であり、筑紫館、韓亭、引津亭のいずれにおける歌も例外ではない。以下にこの三箇所における歌を取り上げることにしよう。

筑紫館における歌

筑紫館に滞在中の歌は、

第一群　本郷を遙に望み家人を偲んだ歌　四首

第二群　七夕の歌　三首

第三群　海辺で月を望んで作った歌　九首

と三群に分かれている。以下三首は第一群に属する歌である。

志賀の浦に漁《いさ》りする海人《あま》家人《いえびと》の待ちこふらむに明《あか》しつる魚

作者不詳　（巻十五・三六五三）18

志賀の浦で漁をしている海人たちは家の者がその帰りを待ち焦がれていることであろうに、夜を明かして魚を釣っている

志賀島中学校校門脇の万葉歌碑（福岡市東区）17

この歌碑は志賀島小学校の玄関脇にある。

可之布江《かしふえ》に鶴鳴き渡る志賀の浦に沖つ白波立ちしくらしも

作者不詳　（巻十五・三六五四）17

可之布江（香椎の浦）に向かって鶴が鳴きながら飛び渡って行く、志賀の浦に沖の白波が立ち寄せて来るらしい

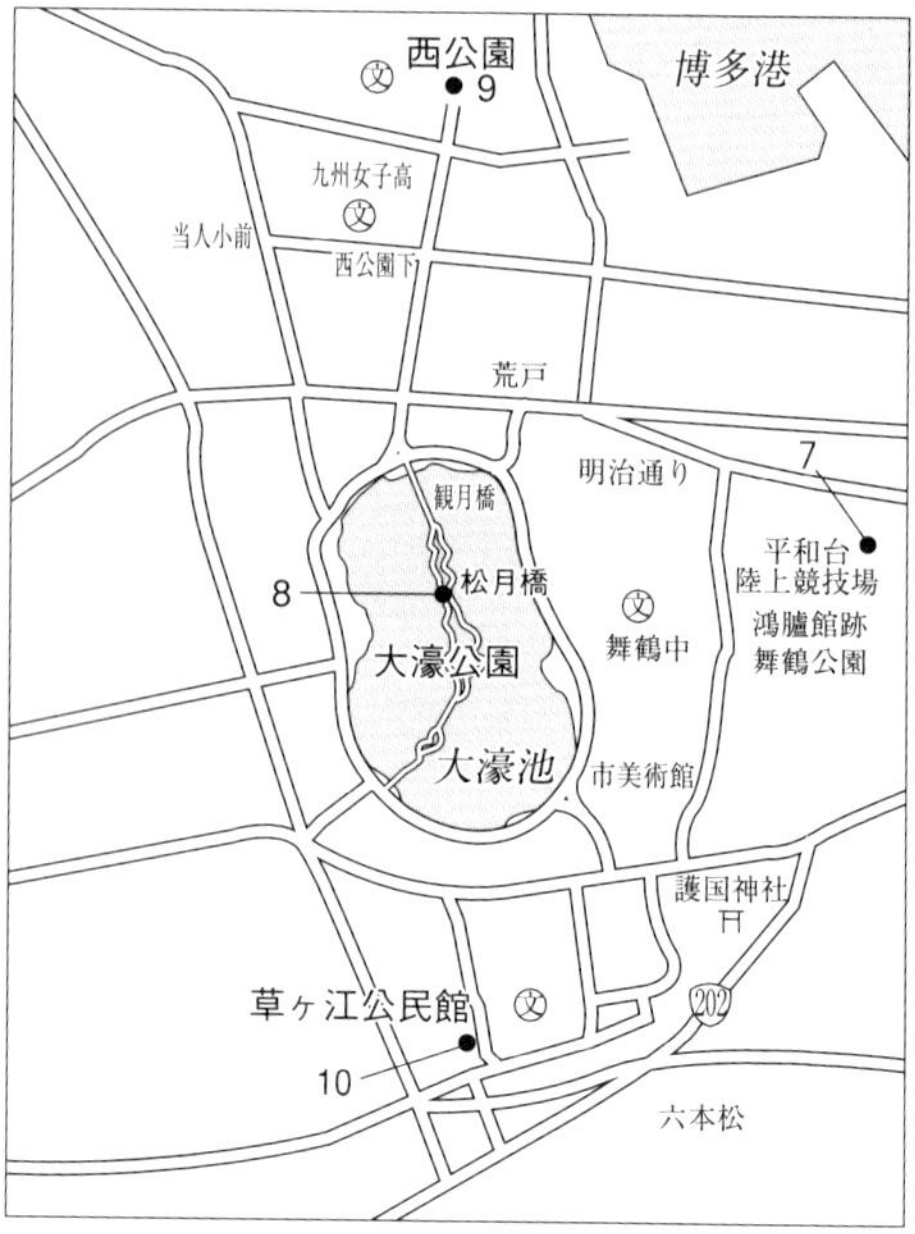

福岡市中央区大濠公園周辺図

この歌が作られた夏の季節に博多湾には鶴が飛来していないので、作者が古い歌を利用したか、他の鳥の姿を見て想像して詠んだものと思われる。

この歌碑は西戸崎の志賀中学校の校門脇に建っている。

志賀島には内海の博多湾に面した志賀島漁港、西岸の弘《ひろ》漁港、北端の勝馬漁港と三つの漁港があるが、右二首にある志賀の浦とは多分志賀島漁港付近のことであろう。筑紫館に滞在中に遊びにやってきての詠と思われる。

今よりは秋づきぬらしあしひきの山松蔭にひぐらし鳴きぬ

作者不詳（巻十五・三六五五）7

今からはもう秋になっていくらしい、この山松の木蔭でひぐらし（かなかな蝉）がしきりに鳴いている

この歌碑は福岡市中央区城内の筑紫館（鴻臚館）遺跡の北辺（平和台陸上競技場東側広場の北端）の一隅に建っている。都を出てから既に二カ月を過ぎ、季節は早くも秋の気配、当初の予定では秋には都に帰るはずであったのにいまだ荒津の筑紫館にいる、早く故郷に帰りたい、そういう望郷の念にかられての詠である。

筑紫館に長期滞在した主な原因は、前年から大流行している瘡（天然痘）のゆえらしく、一行中に病人が続出していたのではないかと思われる。それが証拠に一行中の雪連宅満《ゆきのむらじやかまろ》は往路壱岐で鬼病のため死亡しており、大使は帰途対馬で病没、副使らは病気で二カ月遅れて帰京している。筑紫館に滞在しながらこれから先どうな

るのであろうかと不安にかられ、旅にある身を心細く思い、それだけに望郷の念を強くしたことであろう。
第二群の歌碑はないが一首だけ挙げておく。

年にありて一夜《ひとよ》妹に逢ふ彦星も我にまさりて思ふらめやも

作者不詳（巻十五・三六五七）

一年にただ一夜だけ妻に逢う彦星だって、この私にまさって切ない思いをしているとはとても思えない

次は第三群の歌である。

城内の万葉歌碑（福岡市中央区）7

西公園の万葉歌碑（福岡市中央区）9

神さぶる荒津の崎に寄する波間無くや妹に恋ひ渡りなむ

土師稲足《はにしのいなたり》（巻十五・三六六〇）9

神々しい荒津の崎に打ち寄せる波のように絶え間無くいとしいあの子に恋い焦がれ続けなければならないのであろうか

この歌碑は福岡市西公園の鵜来見《うぐみ》台展望所に建っている。「荒津の崎」というのは「荒津の浜」と同じで筑紫館の下辺の海岸を指している。「荒津山」と呼ばれた西公園北辺の海岸のことではない。この一帯は現町名を荒津とい

い、今は広く埋め立てられて造船所や石油貯蔵タンクが林立し、昔の姿を留めていない。西公園は桜の名所としてよく知られており眺望のよい所なので普段でも訪れる人が多い。

志賀の浦に漁《いざ》りする海人明けくれば浦み漕ぐらし楫《かじ》の音聞こゆ

作者不詳（巻十五・三六六四）14

志賀の浦で漁をする海人は夜が明けてきたので岸辺を漕いでいるらしい、櫓を漕ぐ音が聞こえる

この歌碑は志賀島の潮見公園展望台のそばにある。

これらの二首は題詞によれば筑紫館に滞在中の使人らが海辺で月を見て作った歌九首中のものであるが、九首いずれも題詞に反し月を詠み込んだものはなく、妹（妻）を恋ふる歌ばかりである。

大濠公園（福岡市中央区）

韓亭《からのとまり》における歌

遣新羅使一行が筑紫館を出て次に船泊りしたのは志麻郡韓亭《からのとまり》である。糸島半島の北東端、博多湾の入り口にあたる所で、現在の福岡市西区宮浦唐泊《からとまり》である。唐や朝鮮など異国船の人々の宿泊所が置かれていたことからその名があり、『和名抄』に「韓良郷」とあるのはこの付近一帯を称したものである。江戸時代は筑前五ケ浦（残島、今津、浜崎、宮浦、唐泊）と呼ばれた港の一つで、波静かな天然の良港である。漁港の近くにある

唐泊公園に、目のように穴があいたクジラ石という巨石二個が展示してあるが、これは江戸時代回船の留めつなぎに使われていたものである。唐泊漁港近くにある唐泊地域漁村センターの玄関脇に横長の大きな万葉歌碑があり、韓亭での歌六首全てが刻まれている。韓亭に船泊りして三日目の夜、皓々と照る月を見て旅愁望郷の念を強くして、各人が心の内を詠んだ歌である。

大君の遠の朝廷と思へれど日長《け》くしあれば恋ひにけるかも
大使阿倍継麻呂　（巻十五・三六六八）22

大君の遠の官人であるが故に遣新羅使として本来の有りようを保たなければと考えるけれども、旅にある日があまりにも長いので、つい都が恋しくなってしまうのだ

志賀島潮見公園の万葉歌碑（福岡市東区）14

唐泊地域漁村センター玄関脇の万葉歌碑（福岡市西区）22

大使として任務の重要性を自覚し女々しい姿など見せずにしっかりしていなければと思いながらも、やっぱり故郷が恋しいと、つい本音を詠っているのである。

旅にあれど夜は火燈《とも》し居るわれを
闇にや妹《いも》が恋ひつつあるらむ
大判官壬生使主宇太麻呂
（巻十五・三六六九）22

こんなに苦しい旅の身空ではある

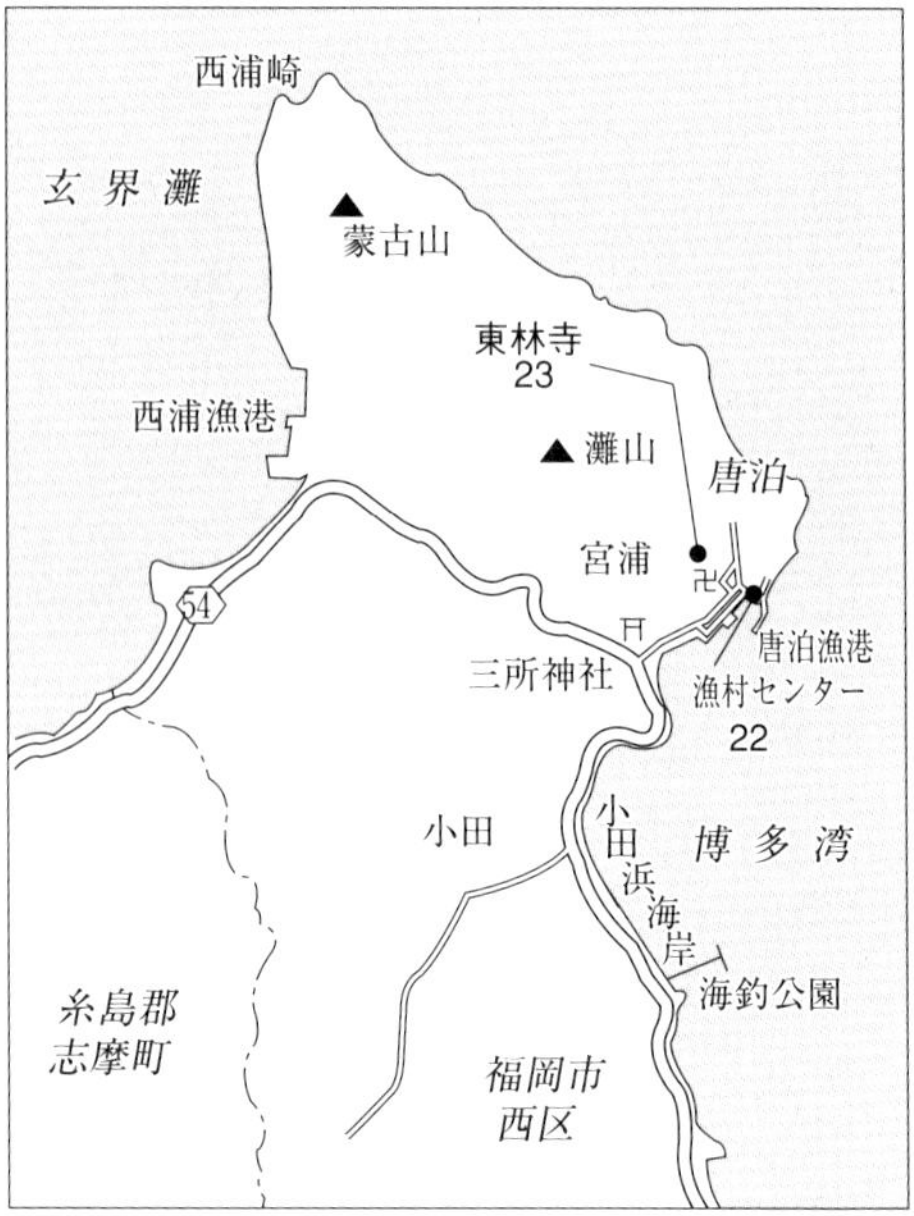

唐泊周辺図

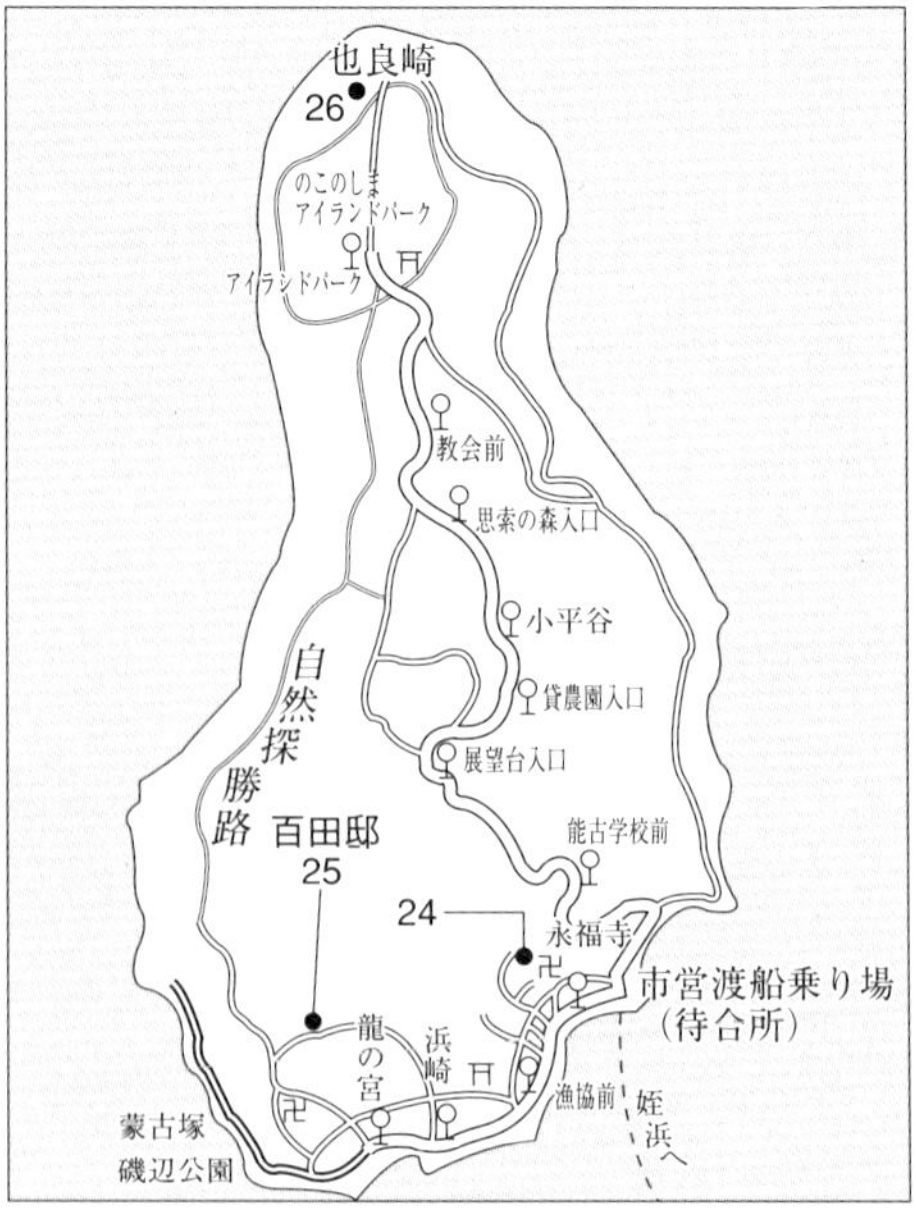

能古島

けれども夜には灯火のもとにいることができる私なのに、暗闇の中であの人は今頃じっとこの私に恋い焦がれていることであろうか

韓亭《からどまり》能許《のこ》の浦波立たぬ日はあれども家に恋ひぬ日はなし

作者不詳　（巻十五・三六七〇）　22・23

韓亭の能許の浦波は仮に立たない日はあったとしても私が家を恋しく思わない日はない

ぬばたまの夜渡る月にあらませば家なる妹に逢ひて来ましを

作者不詳　（巻十五・三六七一）　22

私が夜空を渡る月ででもあったなら家にいるあの人に逢いに行ってこられるだろうに

唐泊山東林禅寺前庭の万葉歌碑（福岡市西区）23

能古島江口永福寺裏の丘陵地にある万葉歌碑（福岡市西区）24

ひさかたの月は照りたり暇《いとま》なく海人の漁りは燈《とも》し合へり見ゆ
作者不詳　（巻十五・三六七二）　22

大空に月は皓々と照りわたっている、かたや絶え間なく海人たちの漁火は海の上で点々と灯し合っている

風吹けば沖つ白波恐《かしこ》みと能許《のこ》の亭《とまり》に数《あま》た夜ぞ寝る
作者不詳　（巻十五・三六七三）　22・24

風が強く吹くので沖の白波の恐ろしさに能許の亭にこうして幾晩も幾晩も独り寝をしているのだ

「能許」とは能古島（残島）のことであるが、韓亭（唐泊）から眼前に見えるので、韓亭と一体と見て能許亭といったのか、あるいは記述誤りであろうか。また「能許の浦」とは、宮浦《みやのうら》もしくは能古島と糸島半島との間の今津湾辺りを指しているのであろうか。

三首目の「韓亭の能許の浦波立たぬ日は――」の歌は漁村センターから程近い山手にある東林寺（臨済宗）の境内にも歌碑がある。この寺は我が国禅宗の祖といわれる栄西禅師が文治三（一一八七）年、宋から帰国して創建したもので、宋の東林寺にその立地の様子が似ていることからその名をとって寺名にしたという。

六首目の「風吹けば――」の歌は能古島江口の永福寺裏の丘陵地にも歌

百田博實氏邸内にある万葉歌碑（福岡市西区能古島）25

碑がある。すぐそばには能古焼き古窯（登り窯）跡や能古博物館（財団法人亀陽文庫）がある。

引津亭《ひきつのとまり》における歌

韓亭（唐泊）から糸島半島を西回りに、糸島郡志摩町の二見ケ浦、幣《にぎ》の松原、芥屋《けや》の大門《おおと》、福の浦を経て野辺崎に至ると、ここから東に深く入り込んだ引津湾（引津浦）となる。波静かな良港で岐志《きし》漁港や姫島行きの渡船場がある。遣新羅使一行は韓亭の次にここに船泊りして風待ちをした。「引津亭」がどの辺りにあったかは明確ではない。ここからおよそ四キロ東に志摩町のシンボル可也山《かや》（三六五メートル、別名小富士、筑紫富士）が美しい姿を見せており、また西方の立石山（二一〇九メートル）の山裾が岐志の集落北辺までゆるく延びていて、一帯は玄界灘、引津湾を見下ろす風光明媚な玄海国定公園のリゾート地である。

　引津湾の南岸をなす船越の北の突端龍王崎《りゅうおうさき》に可也山を見据えるように綿積《わたつみ》神社が鎮座しており、湾に面した境内は「万葉の里公園」となっている。ここに二基の万葉歌碑がある。その一つは地元有志が建てたもので、第五十六代内閣総理大臣福田赳夫が揮毫している。

　草枕旅を苦しみ恋ひおれば可也の山辺にさ男鹿《をしか》鳴くも　大判官壬生使主宇太麻呂（巻十五・三六七四）3

草を枕の旅の苦しさに故郷のことを恋しく思っている折り、可也の山辺で男鹿が妻を呼び立て鳴いている

もう一つは綿積神社再建記念に、船越氏子中の賛同者が建てたもので、揮毫者は書家の御田水月である。

梓弓《あづさゆみ》引津の辺《へ》なるなのりその花採《つ》むまでにあわざらめやもなのりその花

作者不詳（巻七・一二七九）2・4

引津の海辺のなのりそ（莫告藻）の花よ、お前さんが他の人に摘み取られるまでに逢わないでおくものか、なのりその花よ

也良岬に復元された烽台（能古島アイランドパーク）

也良岬の万葉歌碑（福岡市西区能古島）26

この歌は遣新羅使人の歌ではなく、任を受けて旅路にある官人が旅先の引津亭で詠んだ旋頭歌である。「なのりそ（莫告藻）」は海藻のホンダワラのことであるが、花は咲かない。小さな楕円形の胞子がつくのでこれを花と言ったのであろう。

旅の途中にあるこの官人は、見染めた女を他の男に取られてしまわないうちに自分のものにしたいと、女をなのりその花に譬えて訴えているのである。万葉時代の婚姻形態として、男が自ら名告りを

万葉の里公園の万葉歌碑（糸島郡志摩町）3

3と並んで建つ万葉歌碑（糸島郡志摩町万葉の里公園）2

して相手の女の名を問うことは求婚を意味し、それに応じて女が男に自分の名を告げることは結婚を承諾することであった。だからこの官人は女が他の男に名を告げるな（名告りそ）と訴えているのである。『万葉集』の冒頭を飾る雄略天皇御製歌にその婚姻形態を窺える名告りの歌がある。

籠《こ》もよ　み籠もち　掘串《ふくし》もよ　み掘串《ぶくし》もち　この岡に　菜摘《なつ》ます子　家告らせ　名告らさね　そらみつ　大和の国は　おしなべて　我れこそ居れ　しきなべて　我れこそ座《いま》せ　我れこそは　告《の》らめ　家をも名をも　　雄略天皇（巻一・一）

おお、籠《かご》、立派な籠を持って、おお、掘串、立派な串を持って、ここ私の岡で菜を摘んでおいでの娘さん、家をおっしゃい、名前をおっしゃいな。幸《さきわ》うこの大和の国は限りなく私が平らげているのだ、隅々までもこの私が治めているのだ、私の方から打ち明けようか、家も名も

この歌は天皇の実作ではないとされているが、それはともかくとして婚姻成立を示すめでたい春の菜摘みの歌である。

「梓弓引津の辺なる――」の歌碑は志摩町初《はつ》の志摩中央公園にもある。これと並列して遣新羅使人の次の歌碑二基も建っている。揮毫者は志摩町長田中道人である。

沖つ波高く立つ日に逢へりきと都の人は聞きてけむかも

大判官壬生使主宇太麻呂（巻十五・三六七五）5

沖の荒波が高く立つあんな恐ろしい日に出くわしたと都にいる人は聞いてくれたことであろうか

※「高く立つ日」というのは、一カ月半程前に佐婆の海（周防灘）で嵐にあって漂流した日を指している。

志摩町初の中央公園の万葉歌碑（糸島郡志摩町）4・5・6

夜を長み寐《い》の寝《ね》らえぬにあしひきの山彦響《とよ》めさ男《を》鹿鳴くも

作者不詳（巻十五・三六八〇）6

秋の夜長に寝もやらずにいる折り、山を響かせて妻を呼ぶ男鹿が鳴き立てている

集中に鹿を詠んだ歌は多い。苦しい旅の途中にある作者にとって、雌鹿を求めてしきりに鳴く男鹿の声は、一層望郷の念をかきたてられるものであったのであろう。

志摩中央公園の周辺には町役場、中央公民館、歴史資料館などがあり町の中心地であるが、この辺り一帯は古代志摩郡川邊郷と呼ばれた所で、我が国最古の戸籍の一つである「筑前國嶋郡川邊里戸籍」（大宝二〈七〇二〉年作成）が正倉院御物に現存している。志摩町は古代史跡の多い所であるが、また海岸線一帯は玄海国定公園の中にあり、夕日の美しい二見ケ浦（県指定名勝）、幣《にぎ》の浜、芥屋《りや》の大《おお》門《と》（玄武岩の海食洞、国指定天然記念物）、小富士梅林などの観光スポットが多

万葉の里公園から引津湾と可也山を望む（糸島郡志摩町）

く、海水浴場、ゴルフ場などもあって四季を通じて訪れる人が多い。遣新羅使一行もこの美しい景勝地に心を残しつつ、玄界灘の荒波の中を次の柏嶋亭（神集島）へ向けて船出して行った。
なお、遣新羅使人の歌碑は近県にもたくさんあるのでいくつか紹介しよう。

佐婆《さば》島の沖（周防灘）で逆風に遭い、豊前国分間浦《わくまのうら》に漂着した時の歌の碑が、大分県中津市田尻港近くの田尻工場団地にある。歌にある分間浦の推定地である。
昭和五十九（一九八四）年七月、地元有志の方々による建立で、短歌雑誌「八雲」主宰の田吹繁子さんの説明文と歌が刻まれた銅板が自然石にはめ込まれている。

浦みよりこぎ来《こ》し船を風早み沖つみ浦にやどりするかも
作者不詳（巻十五・三六四六）153

浦伝いに漕ぎ進めて来た船であるのに、風の烈しさに遠い沖合のこんな恐ろしい浦でわれらは旅宿りするというのか

佐婆島は山口県防府市の沖にある島である。この島を通り過ぎた辺りで逆風に遭って漂流し、一夜揺られて国東半島の姫島の沖

合い辺りまで押し流され、磯辺に停泊して夜を明かし、翌日になって順風を得て、分間の浦へ向かった。そしてここで約一週間滞在したと推定されている。

肥前国柏嶋亭に風待ちのため船泊りした時の歌七首の碑が、佐賀県唐津市神集島《かしわじま》の七か所に建立されている。平成六年三月に唐津市と唐津市文化財団が建立したもので、七基すべて万葉仮名で刻まれており、犬養孝の揮毫によるものである。渡船場前の一号碑の歌のみ挙げておく。

肥前国松浦郡狛嶋亭船泊之夜遙望海浪各慟旅心作歌七首
可敝里伎弖見牟等於毛比之和我夜度能安伎波疑須々伎知里尓家武可聞

秦田麻呂（巻十五・三六八一）119

肥前国松浦郡狛島の亭に船泊りし夜遙かに海浪を望みおのもおのも旅心を慟《いた》みして作れる歌七首

帰りきて見むと思ひし我が宿の秋萩すすき散りにけむかも――無事に帰って来て見ようと思ったわが家の秋萩やすすき、あの花々はもう散ってしまったのかなあ

引津湾周辺図

神集島は唐津市湊の渡船場から沖合約八〇〇メートルに浮かぶ周囲六キロ位の小さな島であるが、神

功皇后が朝鮮出兵の折り、海上安全を祈るため神々を集めたという故事に由来する名前だという。神集島漁港は深く入り込んだ内湾にあり波静かな天然の良港である。万葉時代は中国、朝鮮半島へ渡る遣唐使船や遣新羅使船が寄港した所であった。同島からの唐津湾の眺望はすばらしく、西方には奇岩の立神岩《たちがみ》が見られ、またその西方に天然記念物の七つ釜（海食洞）がある。「万葉の神集島」とＰＲしているだけあって万葉歌碑散策道路がよく整備されており、ルート上には万葉植物やその他の植物の表示がなされている。

遣新羅使一行中の雪連宅満《ゆきのむらじやかまろ》が往路壱岐で病死した時の哀悼の歌の碑が、長崎県壱岐市石田町印通寺《いんどうじ》城の辻の万葉公園にある。昭和四十四年十月に石田村（平成十六年三月一日、郷ノ浦町・勝本町・芦辺町・石田町の合併により壱岐全島が壱岐市となる）が建立したもので、揮毫者は昭和女子大学教授で、歌人の木俣修である。

壱岐能島に至りて雪連宅満がたちまちに鬼病にあひて死去《みまか》りしとき作れる歌

石田野《いはたの》に宿りするきみ家人《いへひと》のいつらとわれを問はハいかに言はむ　作者不詳（巻十五・三六八九）137

ここ石田野で旅寝をしている君よ、家の人がどこにどうしているのかとこの私に尋ねかけてきたらどのように答えたらよいのか

雪連宅満については詳らかではないが、「雪」とは壱岐氏のことで、壱岐の国を本拠とする渡来系の人らしい。壱岐氏は亀卜を掌った家であったから、一族の宅満（宅麻呂）も卜占の役目で一行に加わっていたのではないかといわれている。

壱岐は『魏志倭人伝』に一大国（一支国の誤記であろう）と出ており、弥生時代の当時の王都は現在の芦辺町と石田町にまたがる大規模な環濠集落遺跡「原の辻遺跡」のある一帯であったが、律令時代の国府は郷ノ浦

にあったので、遣新羅使一行はここに八月中旬（現在の九月二十日頃か）寄港したものと思われる。そしてここから対馬へ向かった。

印通寺にはこの歌碑の他に「萬葉乃里　石田野の碑」があるがこれには歌は刻まれていない。また、すぐそばには雪連宅満の小さな墓石があるが、墓碑銘はなく風化していて説明板がなければわからない。

対馬市美津島町（旧下県郡美津島町。平成十六年三月一日、厳原町・美津島町・豊玉町・峰町・上県町・上対馬町の六町合併により、対馬全島が対馬市となる）に万葉歌碑九基があるが、このうち七基が遣新羅使人の歌である。

使人一行は国府があった厳原《いづはら》港に着いた後、少し北上して小船越から陸越えして浅茅《あさじ》湾に出て、竹敷の浦に至り船泊りしたものと考えられている。船が陸越えするということは奇異に思われるが、昔の船は小さな木造船であるので、遠く海上を回って行くよりも陸路の方が安全であったから、近い距離は、空船を引いて陸越えしたのである。各地にある船越という地名はこうした渡し場に由来する地名である。

浅茅湾は出入りの非常に多い変化に富んだ内海で、抜群の景勝地である。竹敷の西側には黒瀬を望む城山に天智天皇六（六六七）年築城された金田城跡（国指定特別史跡）がある。

竹敷の浦に船泊りして詠んだ歌は二十一首（三六

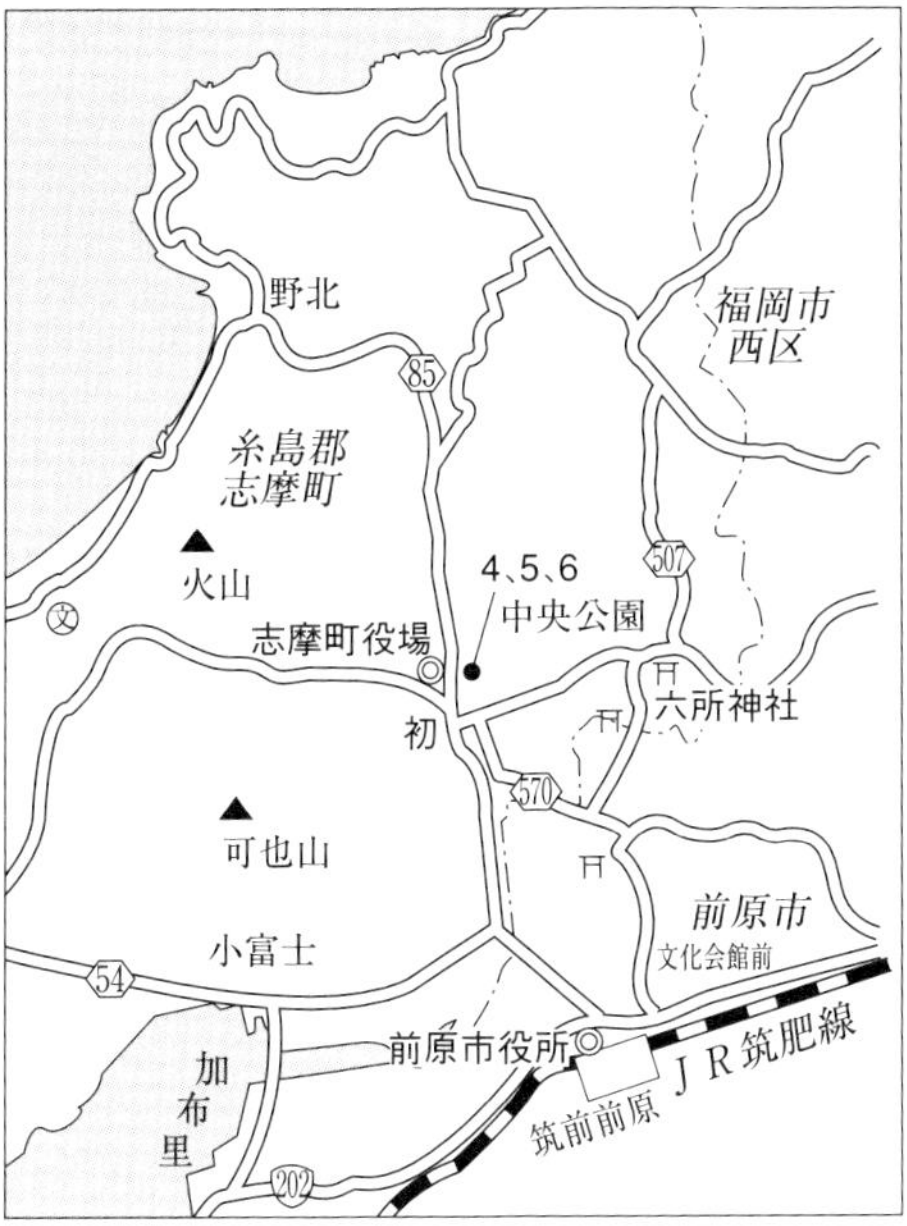

志摩町周辺図

九七～三七一七）あるが、このうち一首は遣新羅使人を慕う「對馬娘子」の歌である。以下に二首を挙げておく。

竹敷《たかしき》のうへかた山は紅《くれない》の八入《やしお》の色になりにけるかも　小判官大蔵忌寸麻呂《おおくらのいみきまろ》（巻十五・三七〇三）140

竹敷の宇敝可多《うへかた》山（竹敷西方の城山か）は紅花《べにばな》染めの八しおの色になってきたなあ

竹敷の玉藻なびかし漕ぎ出なむ君がみ船を何時《いつ》とか待たむ　対馬娘子玉槻（巻十五・三七〇五）142

竹敷の浦の玉藻を靡《なび》かせて漕ぎ出して行かれようとするあなた様のお船、その船のお帰りをいつとお待ちしたらよろしいのでしょうか

使人一行は対馬に八月下旬（現在の十月初旬）到着し、風待ちした後ここから新羅国へ向けて出航して行ったのである。しかしながら、さんざん苦労して到着した新羅国では使節を拒絶され、目的を果たさないまま、翌年の正月に帰国したのである。

荒津の浜の歌

『万葉集』巻十二の羈旅《きりょ》発思の歌や問答歌の中には福岡県の地名が詠み込まれたものが沢山ある。次の歌は荒津の浜を詠んだ問答歌である。

しろたへの袖の別れを難《かた》みして荒津の浜にやどりするかも　作者不詳（巻十二・三二一五）8

このまま袖を分かって離れ離れになるという気持ちにはなれず、（船出を延ばし）荒津の浜で一夜の宿を

取ることになってしまった

荒津の浜は、既に述べているように、博多湾の海岸線が今よりもずっと陸地に入り込んでいた古代、筑紫館の下の船着き場辺りの浜辺を指し、荒津の崎とも呼ばれた。荒津は那津《なのつ》、娜大津《なのおおつ》などとも呼ばれ、多くの内外の船が出入りする重要な港であった。この歌の作者の官職や氏名はわからないが、唐か新羅辺りへ遣わされる官人と思われ、大宰府で馴染みになった女（遊行女婦《うかれめ》であろうか）と別れ難く、少しでも長く一緒にいたいと荒津の浜まで来て宿を取ったと言っているのである。この歌碑が大濠公園の中之島の松月橋のそばにある。

大濠公園中之島にある万葉歌碑（福岡市中央区）8

この男の歌に答える女の歌が次の一首である。

草枕旅行く君を荒津まで送りぞ来《き》ぬる飽《あ》き足《だ》らねこそ

作者不詳（巻十二・三二一六）

遠く旅立って行かれるあなたを見送って荒津まで来てしまいました、いつまでも心残りでございますので

古代の船旅は現代とは比較にならない程危険度が高く、常に命懸けのことで、ひとたび船出すると再び会えるとは限らず、また幸いにして再会できるとしても、長時日を要したので、旅立ちにあたっては、家族や恋人との別れの情にはひと

しおのものがあったであろう。この歌の作者は馴染みになった男を追って荒津までできてしまったのである。この歌碑はない。

深江の鎮懐石の歌

志摩町の引津湾に続いて、船越の南端鷺ノ首から東に深く海が入り込み、大崎から二丈町大入《だいにゅう》にかけて半円形に大きく弧を描いている所が深江海岸（糸島郡二丈町深江）である。美しい海岸線に沿って国道二〇二号線（唐津街道）とJR筑肥線が並行して走り、またその南に美しい姿を見せている二丈岳（七一一メートル）の山麓を西九州自動車道（二丈浜玉有料道路）が走っているが、この海岸線は玄海国定公園の中にあり、鳴き砂で知られる姉子《あねご》の浜などもあって、眺望絶佳、実に快適なドライブコースである。JR筑肥線筑前深江駅から国道を渡って海側へ約二〇〇メートル行くと深江神社があり、その前を旧街道が通っていて深江宿を偲ばせる町並みである。また古代は深江駅家が置かれていた所である。

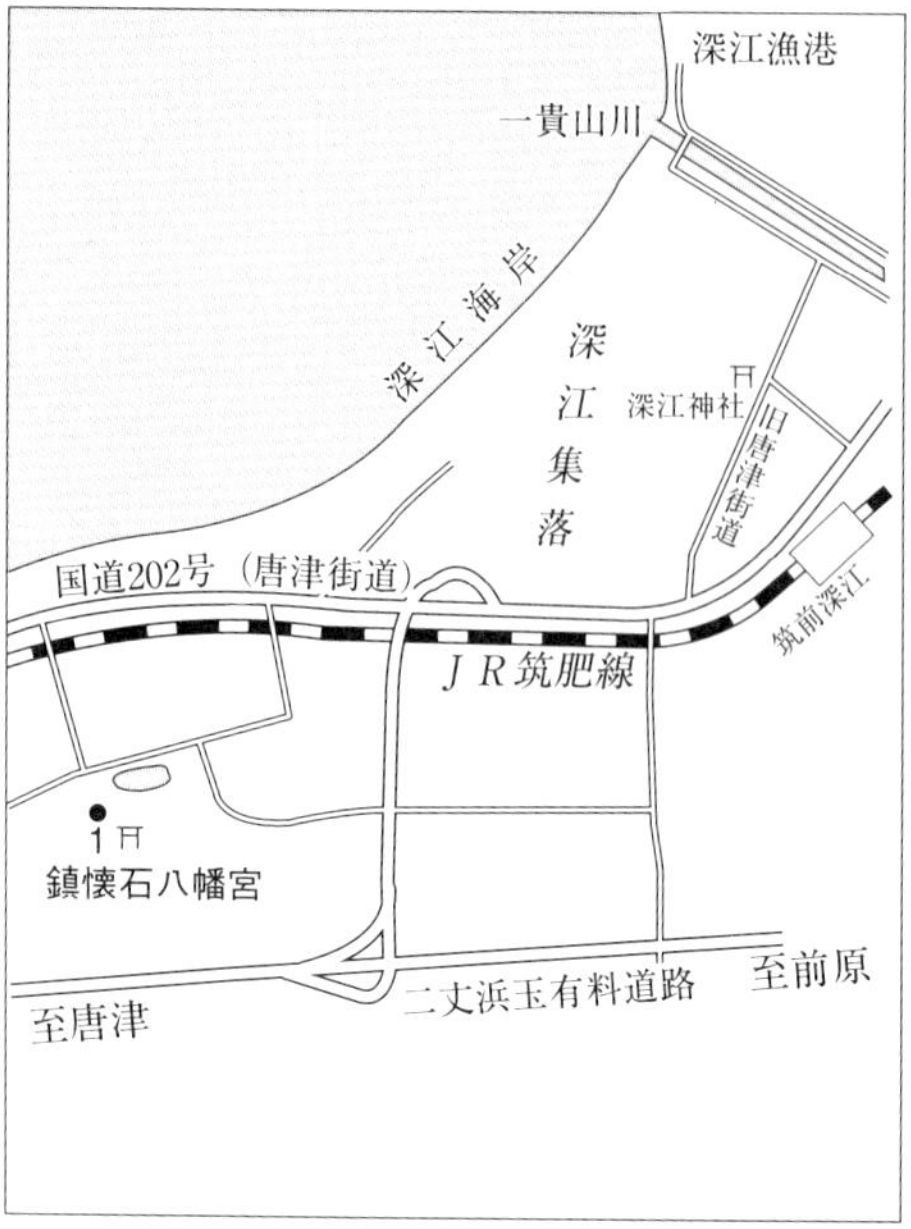

深江周辺図

このJR深江駅前から国道を唐津方向へ八〇〇メートル程行くと、左に筑肥線の浦の浜踏み切りがあり、これを越えて進むと正面に鎮懐石八幡宮がある。自動車は通行できないので手前から迂回して行かなければならない。所在地は二丈町深江子負ケ原で、子負原八幡宮とも呼ばれる。石段を上がると本殿があるが、その上がり口脇に幕末に建てられた九州最

深江海岸から二丈岳を望む（糸島郡二丈町）

古といわれる鎮懐石万葉歌碑がある。長い序文と長歌、短歌が刻まれている。書者は中津藩士の儒学者日巡《ひよし》武澄《たけずみ》で、端正な楷書体である。

旧深江村は江戸時代は唐津藩領となったり、幕府領となったりしたが、享保二（一七一七）年からは中津藩領となり、明治維新まで続いた。日巡武澄は深江村に住し手習所を開いていたという。このことから同人が揮毫したのであろう。

筑前守山上臣憶良詠并序文
筑前国怡土郡深江村子負原臨海丘上有二石　大者長一尺二寸六分　囲一尺八寸六分　重十八斤五両　小者長一尺一寸　囲一尺八寸　重十六斤十両並皆堕円状如鶏子　其美好者不可勝論　所謂径尺璧是也〈或云此二石者肥前国彼杵　郡平敷之石当占而取之〉去深江駅家二十許里　近在路頭　公私往来　莫不下馬跪拝　古老相伝曰　往者息長足日女命征討新羅国之時用茲両石　插著御袖之中　以為鎮懐〈実是御裳中矣〉所以行人敬拝此石乃作歌曰
可既麻久波　阿夜爾可斯故斯多良志比咩　可尾能弥許等可良久尓遠　武気多比良宜弖弥許々呂遠　斯豆迷多麻布等伊刀良斯弖伊波比多麻比斯　麻多麻奈須　布多都能伊斯乎　世人尓斯咩斯多麻比弖　余呂豆余尓　伊比都具可祢等　和多能曽許意枳都布可延乃　宇奈可美乃　故布乃波良尓　美弖豆可良　意可志多麻比弖　可武奈可良　可武佐備伊麻須　久志美多麻　伊麻能遠都豆尓　多布刀伎呂可儛　（巻五・八一三）」

鎮懐石万葉歌碑（糸島郡二丈町）1

阿米都知能等母尓比佐斯久伊比都夏等　許能久斯
美多麻志可志家良斯母　　　（巻五・八一四）1

懸けまくはあやに畏し足日女《たらしひめ》　神の命《みこと》韓国《からくに》を　向け平げて御心を　鎮め給うとい取らして　斎《いわ》い給いし真珠なす　二つの石を世の人に　示し給いて万代に　言い継ぐがねと海《わた》の底　沖つ深江の海上《うなかみ》の　子負《こふ》の原にみ手づから　置かし給いて神ながら　神《かむ》さび坐《いま》す奇魂《くしみたま》　今の現《うつつ》に尊きろかむ――口に出して申し上げるのはまことに恐れ多いが、足日女《たらしひめ》命（神功皇后）が韓の国を平らげて御心を落ち着けたいとお思いになっておごそかに手にお取りになり、斎い祭られた玉のような二つの石、その尊い石をこの世の人にお示しになっていついつまでも霊験あらたかさを語り継ぐようにと、深江の里の海のほとりのここ子負の原に御自らの手でお置きになって以来神として神々しく鎮まっておいでになる

天地の共に久しく言い継げと此の奇魂《くしみたま》敷《し》かしけらしも――この霊妙な御魂の石は今も目の前にあってまことに尊い天地とともに永く久しく語り継げとて、この不思議な霊石をここに据えて置かれたらしい

左注によるとこの歌は山上憶良が那珂郡伊知郷蓑嶋《いちのさとみのしま》の建部牛麻呂という者から、鎮懐石伝説の話を聞いて詠んだものらしい。鎮懐石伝説とは、神功皇后が朝鮮出兵の時に懐妊し、産み月に近づいていたので帰国後に出産するようにまじないの小石を懐に入れて（実は裳にさしはさんで）出陣し、凱旋後蚊田《かだ》の里（糟屋郡宇美町）で無事誉田別尊《ほむだわけのみこと》（応神天皇）を出産した。その石は伊都県《いとのあがた》の道のほとりにあるという『記紀』や『筑前

国風土記逸文』に記されている話で、古代から広く伝わっていた話のようである。建部牛麻呂の人物についてはわからないが、福岡市博多区美野島三丁目（旧町名表記は蓑島であった）美野島公園の一角に「蓑島の碑」が建っている。

「子負原」という地名は神功皇后が応神天皇をお産みになったという故事により、皇子産石《みこうみのいし》が児饗石《こふのいし》と訛り、これが子負《こふ》の地名になったという。鎮懐石八幡宮の御神体はもちろん鎮懐石であるが、『筑前国続風土記』によれば、寛永の頃までこの石があったけれども盗まれてしまい、その後盗まれた石を里人が発見したというのでそれを納めたが、大きさからして別物だという。境内には御腰掛石や御船繋石があり、古代の頃は神社の近くまで海面であったことを示している。

鎮懐石八幡宮（糸島郡二丈町）

神功皇后が誉田別尊（応神天皇）を出産した蚊田の里は宇美と呼ばれるようになり、その霊地に神功皇后と応神天皇を祭祀しているのが、宇美八幡宮である。この故事に因んで、同八幡宮は安産の神様として広く知られ、安産祈願と御願成就のお礼に訪れる人が多い。同社本殿の裏手にある湯方神社（神功皇后お産の時、産婆をつとめた神を祀っている）の傍らには、奉納された沢山の「子安の石」があるが、この前に、よく知られた山上憶良の「子等を思う歌」の反歌（銀も金も玉も何せむにまされる宝子にしかめやも　巻五・八〇三）を刻んだ母子像の歌碑がある。

衣掛の森にある天然記念物の大楠（糟屋郡宇美町宇美八幡宮境内）

憶良の歌については、後の稲築町の万葉歌碑の項で詳しく述べることにする。

長崎市坂本町の長崎大学医学部正門そばに稚桜神社という小祠がある。その境内に鎮懐石歌碑がある。この碑は文久元（一八六一）年に建立されたもので、深江の鎮懐石歌碑とほぼ同じ内容のものであるが、原文の序に割註として記載されている「鎮懐石は或いは肥前国彼杵郡平敷から取ってきたものである」という一文（本文中〈〉書きの部分）が、深江の碑にはなく、長崎の碑にはある。しかし二石の産地は明確にはなっていないようである。

なお、神功皇后の朝鮮出兵の折りの伝説は二丈町に隣接する佐賀県東松浦郡浜玉町にもあり、『記紀』や『肥前国風土記』によれば、次のような鮎釣りの伝説である。

皇后が朝鮮出兵の折り、肥前国松浦県《まつらのあがた》に至り、玉島の里の小川の中の石の上に上がって戦勝を祈願し、裳の糸を抜いて釣り糸にし、鉤（釣り針）をつけ飯粒を餌にして魚釣りをした。即ち鮎占いをしたのである。すると鮎が釣れたので皇后が「めずらしいこ

（左）湯方神社と子安の石と（右）母子像歌碑（糟屋郡宇美町宇美八幡宮境内）28

とだ、戦勝まちがいない」と大変喜んだ。このことからその地を梅豆羅《めづら》の里と呼ぶようになり、今は訛って松浦《まつら》の里という。

この小川は現在の唐津市を流れる松浦川の支流ではなく、浜玉町を流れる玉島川の支流小川川（平原川）のことであろうといわれている。

この伝説を筑前国守山上憶良が詠んだのが次の歌である。歌碑が浜玉町の虹の松原にある、万葉の里公園に建っている。

たらし姫神の命《みこと》の魚釣《なつ》らすとみ立たしせりし石をたれ見き
（巻五・八六九）110

息長足姫命《おきながたらしひめのみこと》（神功皇后）が魚（鮎）を釣ろうとされてお立ちになった石、その石を誰が見たというのであろうか（私は見たいものだ）

同公園にはこの他五基の歌碑があり、そのうち四基は大伴旅人の「松浦河に遊ぶ歌」である。

玉島神社前の玉島川畔に「神后御立石」の碑と旅人の歌碑があり、ここから右手に平原川に沿って少し上ると座主《ざす》という所がある。ここに川上神社と殿原寺《でんげんじ》が同じ敷地内にあり、浜玉町観光協会が建てた松浦佐用姫《まつらさよひめ》を詠った大伴旅人の歌碑と「松浦佐用姫伝説発祥の地」の木碑がある。

萬代《よろづよ》に語り継げとしこの嶽《たけ》に領巾《ひれ》振りけらし松浦佐用姫

万代の後までも語り継げよとてこの山の嶽で領巾を振ったらしい、松浦佐用姫は

（巻五・八七三）112

玉島神社前から玉島川沿いに国道三二三号線を佐賀市方向へ進むと、東松浦郡七山村《ななやま》に至るが、同村鳴神《なるかみ》の庄《しょう》および観音の滝の滝川沿いの二か所に、大伴旅人の松浦佐用姫の歌の碑がある。佐用姫は座主の長者の娘で、朝命により新羅に侵攻されている任那《みまな》を救援するためこの地に下ってきた大伴狭手彦《おおともさでひこ》と結ばれ妾《つま》となったが、狭手彦は宣化二（五三七）年朝鮮へ向けて渡海して行った。佐用姫は鏡山に駆け登り領巾《ひれ》を振って、沖行く船を見送り別れを深く悲しんだという。これが領巾振り伝説であり、鏡山を別名「領巾振り山《ひれふ》」という。大伴狭手彦の父は大連《おおむらじ》の大伴金村であり大伴旅人の祖先である。

唐津湾周辺には古代の史跡が多く、万葉歌碑もたくさんある。観光、史跡探訪を兼ねて歌碑めぐりをするのも面白いであろう。

宗像・北九州

海人族たちの拠点

海と陸の要衝宗像

古代宗像地方を支配したのは海人族宗像氏であった。その氏神宗像三女神（湍津《たぎつ》姫神《ひめのかみ》、市杵嶋《いちきしま》姫神《ひめのかみ》、田心《たごり》姫神《ひめのかみ》——天照大神の御子神）を祀っているのが宗像大社（宗像市田島の辺津《へつ》宮《みや》、大島村の中津宮《なかつみや》、大島村沖ノ島の奥津宮《おきつみや》の総称）である。「海の正倉院」と呼ばれる沖ノ島の奥津宮は、北部九州から朝鮮半島に至る海北道中の守り神であった。したがって大和朝廷では沖ノ島でしばしば祭祀を行い高価な祭祀品を奉納した。これが沖ノ島祭祀遺跡から発見された十万点にのぼる遺物で、数多くのものが国宝、重要文化財に指定されており、海の正倉院と呼ばれる所以《ゆえん》である。

朝廷では宗像郡を神郡として手厚く保護し、また宗像氏の族長宗像徳善の娘尼子娘《あまこのいらつめ》を大海人皇子（天武天皇）の妃とするなど、朝廷と宗像氏のつながりは強かった。宗像地方は海上交通の要所というだけではなく漁業も盛んで、鐘崎は海女の発祥の地でもある。その鐘崎と地ノ島との間の海域は航海の難所としてよく知られていた。さらに大宰府官道の津日《つび》駅家が上八《こうじょう》付近に置かれていたので陸路としても重要な所であった。このように古代の要地宗像地方では

名児山を詠んだ歌の歌碑（宗像郡津屋崎町勝浦）63

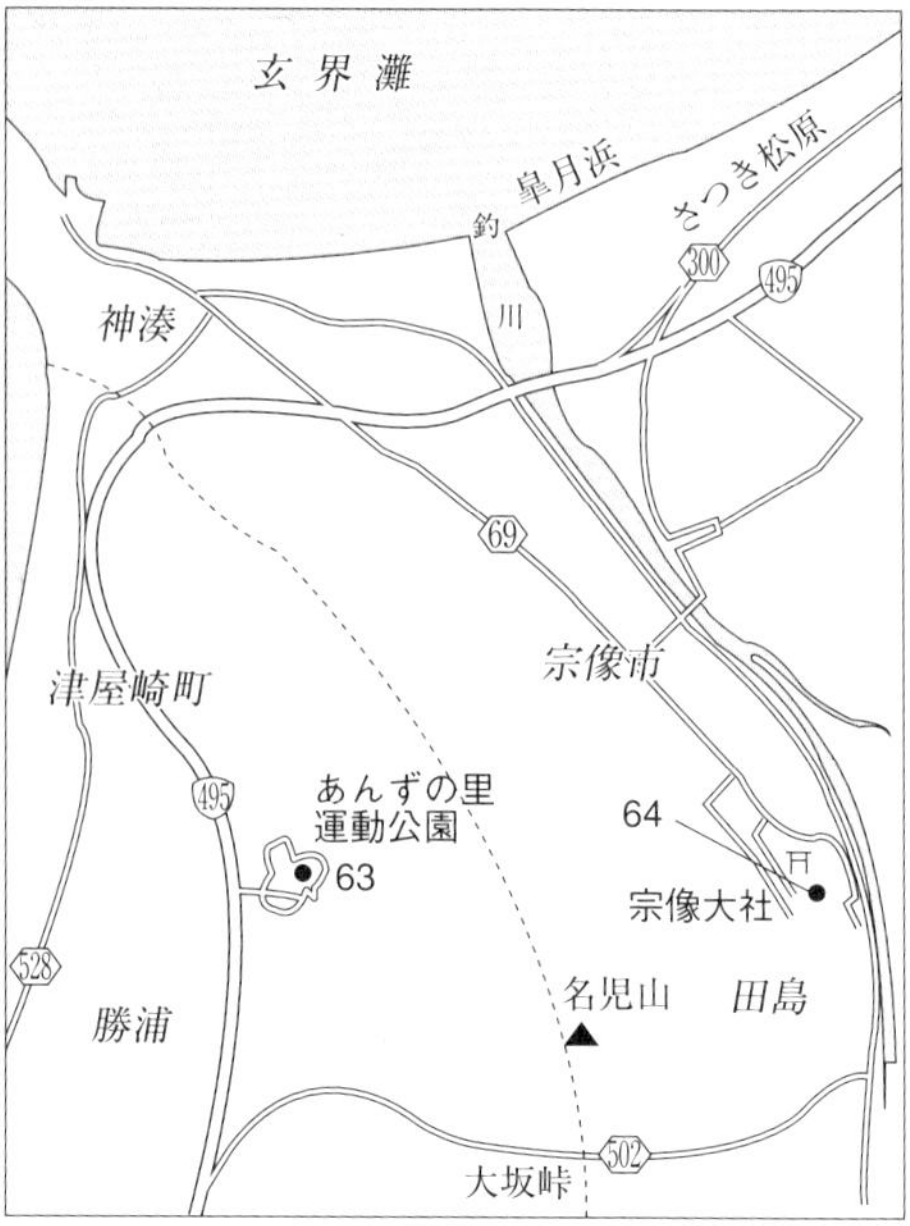

宗像大社周辺図

あったが、宗像のことを詠んだ歌は集中僅か三首しかなく、意外な感じがする。

大汝《おほなむち》少彦名《すくなひこな》の神こそは名づけ始《そ》めけめ名のみを名児山と負ひて吾が恋の千重の一重も慰めなくに　　大伴坂上郎女（巻六・九六三）64

この名児山《なごやま》の名は神代の昔大汝（大国主命）と少彦名命がはじめて名付けられた由緒深い名だということであるが、心がなごむという名を背負っているばかりで私の苦しい恋心の千のうちの一つさえも慰めてはくれないではないか

この歌は天平二（七三〇）年十一月、大納言となった大伴旅人の帰京より一足先に出立した坂上郎女が、宗像郡津屋崎町勝浦から奴山《ぬやま》を経て、宗像大社辺津宮がある宗像市田島（旧玄海町）へ抜ける峠を越える時、峠の山地である名児山《なちごやま》（歌中では「なごやま」だが、現在では「なちごやま」と呼ばれる。一四六メートル）を詠んだ長歌一首である。この峠道を名児山越えと呼んだが、現在の大坂峠よりずっと南側を通っていたらしい。この歌について『筑前国続風土記』に「大己貴命、少彦名命此二神力を合はせあめの下をつくり給ふよし、日本紀神代の巻にしるし侍る故かく詠めるなるへし」と記している。名児山という名の語源がナグ（岩礁）なのかナグリ（削る）なのか、あるいはその外のことにあるのかはわからない。

「吾が恋」は都恋しの気持ちと、後に残してきた旅人や家持たちへの恋しさを言っているのであろう。

宗像大社神宝館そばの大伴坂上郎女歌碑（宗像市田島）64

星ケ丘団地の万葉歌碑（宗像郡津屋崎町）62

郎女一行は名児山越えをして宗像大社に参拝し都へ向かったものと思われる。同神社神宝館そばの駐車場の一角にこの歌碑がある。この碑には前出「ちはやぶる鐘の岬を過ぎぬともわれは忘れじ志賀の皇神」の歌が一緒に刻まれている。

在千潟《ありちがた》あり慰《なぐさ》めて行かめども家なる妹いいぶかしみせむ　作者不詳（巻十二・三一六一）62

在千潟の名のようにこのままあなた相手にあり続けて気を晴らしたうえでお別れをしたいのだけれど、家の女房の奴が気を廻して勘ぐることだろう

旅先の男が一夜妻と別れるに際して「妻がうるさいのでね、長く居続けられないのだよ」と言い訳をしている歌である。今の時代でも男がこのように浮気相手の女に言い訳していることが多いのではないだろうか。某国の大統領も我が国の某政治家も、浮気（不倫）して女房に頭が上がらないようである。

この歌碑は宗像郡津屋崎町星ケ丘団地の一角に建っている。ここは在自《あらじ》山（二四九メートル）と宮地岳（一八一メートル）の西麓にあたり大字名は在自で、古代に荒自郷と呼ばれた所である。

宮地岳の南麓には巨大なしめ縄でも知られた宮地嶽神社がある。巨石で組まれた日本最大級の横穴式古墳（円墳）があり宗像地方に君臨し

星ヶ丘団地周辺図

た宗像徳善の墳墓と推定されている。

西鉄宮地岳線の終点津屋崎駅一帯が町の中心地で、北西に津屋崎漁港があり、近世は漁業と製塩、および交易で大変賑わい「津屋崎千軒」と呼ばれたが、その家並みが今も残っている。狭い海水路を隔てた西側が渡《わたり》半島で、この頂上に日露戦争の日本海海戦で連合艦隊司令長官として名を馳せた東郷平八郎元帥を祀る東郷神社がある。海岸線一帯は玄海国定公園内にある景勝地で、たくさんの人が訪れる。

歌にある在千潟の所在地は明確でなく、碑の説明板には「在自参考地」と記されている。『筑前国続風土記』には「在自の海岸側は昔は潟であったが近年田となり、唐坊という宿場があった。昔は上方へ行く大道であったという」と記している。万葉時代の官道もこの付近を通っていたのであろう。

古代の重要港岡の水門

遠賀郡芦屋町は響灘に面した遠賀川河口に位置する町である。岡垣町から続く芦屋海岸は三里松原と呼ばれる白砂青松の地であり、毎年八月下旬、芦屋海水浴場の砂浜では大彫刻展が開かれ、大小十数基の砂の彫刻像が作られる。弥生時代のはじめ大陸からこの遠賀川河口の地に、那津や唐津と同じく、稲作農耕文化が逸速く伝来し遠賀川流域に伝播していった。

鐘崎より響灘と玄界灘の境の海域に浮かぶ地ノ島を望む（宗像市）

柏原漁港そばの海食洞（遠賀郡芦屋町）

芦屋町周辺図図

天霧《あまぎ》らひ日方《ひかた》吹くらし水茎の岡のみなとに波立ち渡る　作者不詳　（巻七・一二三一）65

空一面に霧がかかって日方風が吹いてくるらしい、岡の港に波が一面に立っている

この歌は、鐘の岬と志賀の皇神を詠んだ歌（巻七・一二三〇）の後にある歌で、この二首はいずれも作者不詳である。多分奈良の都から大宰府へ海路の旅をしている官人と思われる。古代の船旅は天候に大きく左右され危険が常につきまとっていたので、風や雲行きには格別注意を払わなければならなかった。

「日方」風とは、日の方から吹く風の意で、土地によって東南の風とか西南の風とまちまちである。遠賀川付近地方では東風を指すという。

「岡のみなと」は遠賀川河口一帯のことである。遠賀川は嘉穂町と甘木市を境する馬見山地を源流として、屏川《へいがわ》、千手川《せんずがわ》、穂波川、彦山川、犬鳴川などを合流して北へ流れ、芦屋町を二分して響灘に注ぐ全長六三キロの一級河川である。

河口右岸は芦屋町山鹿地区、左岸は芦屋地区であり、これを水門と見立て『記紀』には「崗水門」と記している。大小の船が出入りする古代からの良港で、海上交通の要衝として遠賀川流域の米や産物がここに集積され都へ運ばれていた。また江戸時代から明治時代にかけては鉄道が敷かれるまで、沢山の川艜《ひらた》（川舟）が上下し筑豊の石炭が運ばれ、芦屋はその集積所として大繁盛し「芦屋千軒」と呼ばれる程であった。

東部山鹿地区の海岸線は洞山《ほらやま》（海食洞）、千畳敷岩、ハマユウ群生地の夏井ケ浜など変化に富んだ景観をなし、また芦屋釜の里、中世の山鹿城跡（現在は桜とつつじの名所である城山公園）など見るものが多い。芦屋釜の里近く、国道四九五号線西側の丘の上に魚見公園があり、ここに前記の歌碑がある。昭和四十四年に芦屋町が町制八十周年記念に建てたものである。ここは河口一帯に広がる芦屋町の市街地と海岸が一望できる大変眺望のよい所である。この歌の作者もここから海を眺めながら船旅の安全を祈って詠んだのであろうか。

八幡の岡田神社

北九州市八幡西区黒崎の岡田神社境内に大きな万葉歌碑がある。八幡では唯一の万葉歌碑と思われるが、前述の「岡の水門」の歌（巻七・一二三一）と次の二首合わせて三首が刻まれている。

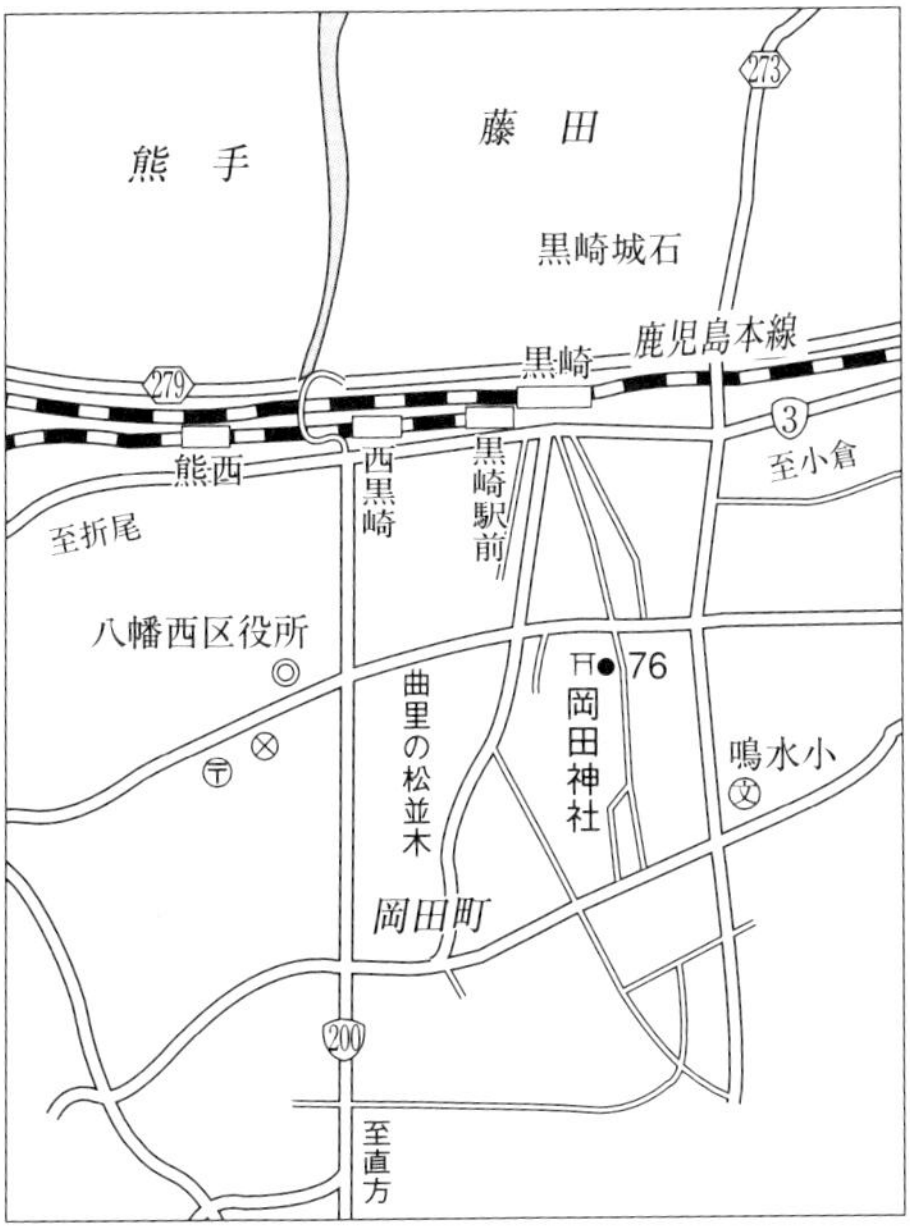

八幡西区黒崎駅周辺図

大君の遠のみかどとあり通ふ島門《しまと》を見れば神代
しおもほゆ
柿本人麻呂（巻三・三〇四）76

我が大君の遠く離れた役所（大宰府）へ人々が常に行き来する島門（海峡）を見ると、この島々が生み成された神代のことが偲ばれることだ

ほととぎす飛幡《とはた》の浦にしく波のしばしば君を見

魚見公園の万葉歌碑（遠賀郡芦屋町）65

むよしもがも　　作者不詳（巻十二・三二六五）76

ほととぎすが飛ぶというではないが、その飛幡《とはた》の浦に繰り返し寄せる波のように、しばしば重ねてあの方にお逢いできるきっかけがあったらなあ

律令時代、西海道の筑紫へ向かう官人は大弐以上の職位にある者は陸路をとり、それより下位の者は海路を行く決まりであった。海路は陸路よりも日数がかからず、一度に多くの人員や荷物を運ぶことができたが、反面危険度が高かったため高位の者は安全な陸路をとることとされたのであろう。

「島門」とは、島と島に挟まれた海峡を筑紫へ向かう門と見なして表現したもので、瀬戸内海の明石海峡を指しているらしい。逆に見れば大君のいる都へ向かう門でもある。宮廷歌人で石見（島根県）国守にもなった柿本人麻呂であるが、筑紫へ向かう途次この海峡を通過する際島々を見て、『記紀』に記された国生みの神代のことを偲んだという朝廷讃歌である。いかにも宮廷歌人らしい。

「飛幡の浦」の歌の作者は何人か明らかではないが、飛幡の土地の女と目され、旅先にある男に思い焦がれて詠んだ歌らしい。「飛幡」は今の北九州市戸畑区（旧戸畑市）のことである。古くは筑前国遠賀郡に属し「鳥旗」とも表記され、中世から戸畑村と呼ばれるようになった。洞海湾の入り口に突き出たように位置しているところから、「岬《みさき》門の端《はた》」、「門端《とはた》」というのが語源といわれる。現在も飛幡《とびはた》、鳥旗《とりはた》の町名が残っている。

「霍公鳥《ほととぎす》」は夏に飛来する渡り鳥であるが、「キョキョキョキョ」と鋭く鳴く声が万葉人に愛されたのであろうか、集中に多く詠まれている。この歌では飛幡の枕詞である。ほととぎすという呼び名は鳴き声に由来するという。

旧長崎街道の曲里の松並木（北九州市八幡西区）

岡田神社境内にある万葉歌碑（北九州市八幡西区）76

現在は一般に「時鳥」と表記されることが多いが、集中では「霍公鳥」と表記されている。これについては次のような、浅瀬昌忠氏の由来説がある。

古代中国漢の武帝の時代に霍去病《かくきょへい》という武将がいた。彼の功績を武帝が賞し都に邸を建てて住むように指示したが彼はこれを断った。一方ほととぎすは鶯の巣に卵を生みつけ育ててもらう。いうなれば家なき鳥である。これを家なき名将霍去病公と結びつけて「霍去病公の鳥」、「霍公鳥」と表記されるようになったという。

洞海湾に面し戸畑と隣接しているのが八幡（旧八幡市）であるが、明治三十三（一九〇〇）年、官営八幡製鉄所が開所するまでは八幡も戸畑も一寒村に過ぎなかった。その後八幡は鉄と共に発展し、黒崎地区（現八幡西区）を併合し近代大都市となった。

古代の黒崎地区には、今の鳴水《なるみず》付近に大宰府官道の独見《ひとみ》駅家が置かれていた。鳴水から少しJR黒崎駅寄りに岡田町があり、神武天皇東征ゆかりの岡田神社が鎮座している。同神社は黒崎地域の産土神《うぶすな》である。また、黒崎は江戸時代長崎街道の筑前六《む》宿《しゅく》の一つ黒崎宿があった所としてよく知られており、岡田神社の西方約三〇〇メートルのところに街道の名残りを留める曲里《まがり》の松並木がある。

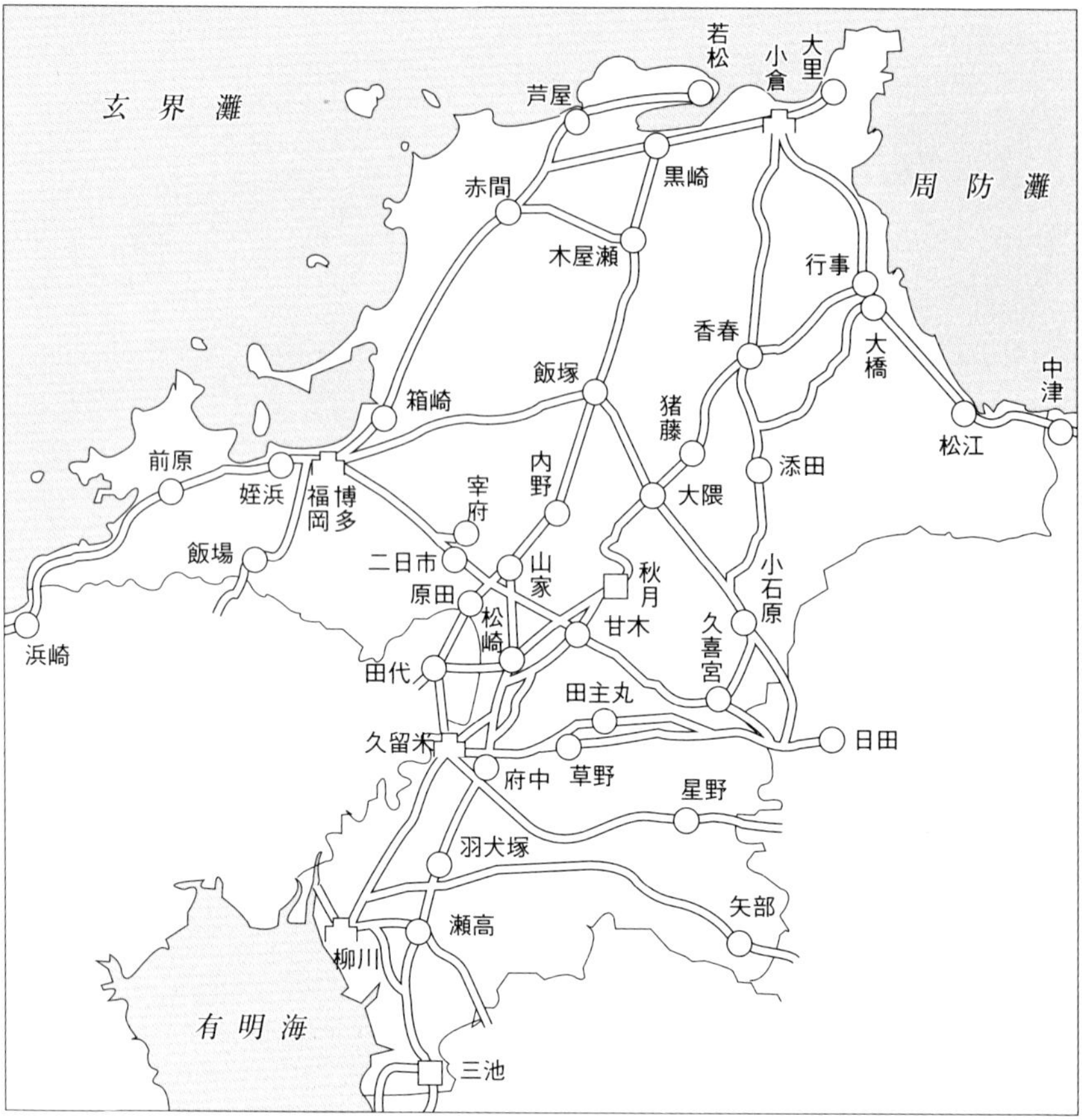

近世街道図（『福岡県の歴史』〈光文館〉所収の「街道図」をもとに作成）

戸畑の万葉歌碑

北九州市戸畑区（旧戸畑市）の夜宮《よみや》公園に区内唯一の万葉歌碑がある。刻まれている歌は言うまでもなく前述の「飛幡の浦」の歌である。昭和十一年に当時の戸畑市が新池町の戸畑公会堂の敷地内に建立し、平成三年に現在地に移設されたものである。歌人尾上柴舟《おのえさいしゅう》の揮毫によるものだが、刻字は風化して全く判読できない。旧公会堂は現在、戸畑区役所北隣にあり、区役所の一部として使用されている。JR戸畑駅から浅生通りを小倉北区へ向かうと約一・五キロで沢見交差点に至り、この南側の小高くなった所が夜宮公園で、その北辺に歌碑がある。

同公園のすぐ近くには我が国最大といわれる国指定天然記念物の珪化木《けいかぼく》があり、道路端に保存されているので容易に見ることができる。また国の重要文化財となっている明治時代の建築物である西日本工業倶楽部会館（松本健次郎旧宅）などもあり、公園と合わせて格好の散策コースである。

戸畑区は洞海湾にかかる若戸大橋と提灯山笠で全国的に知られている。提灯山笠は浅生通り南側に鎮座する飛幡八幡宮（旧浅生八幡宮）の毎年七月に行われる祇園祭に奉納されるものである。昼間は大幟山笠として町中を練り歩き、夜間はこれを解体して十二段三〇九個の提灯をピラミッド型に積み上げ、六十人でかついで練り歩く大変勇壮で美しいものである（国指定重要無形民俗文化財）。遠方からの見物客も多い。

上・戸畑港若戸渡船場付近から若松方面を望む。下・夜宮公園の万葉歌碑（北九州市戸畑区）77

万葉の庭の一号碑（北九州市小倉北区新勝山公園）78

万葉の庭の二号碑（北九州市小倉北区新勝山公園）79

豊国の企救

明治三十三年に発足した旧小倉市は、昭和三十八年二月に五市（小倉・若松・八幡・戸畑・門司）合併により北九州市小倉区となり、同四十九年四月小倉北区と小倉南区に分区し現在に至っている。その昔は豊前国企救《きく》郡に属し、古代大宰府官道の到津《いたむつ》駅家が置かれていた交通の要衝であった。南北朝の頃、菊池武光が初めて小倉城を築き、その後、毛利氏の支配時代には勝山城と呼ばれ、その城下町であった。細川氏の時代となって大規模な小倉城郭が築かれてから町が発展し、江戸時代小笠原氏が入国して、小倉十五万石の城下町として豊前国の政治、経済、文化の中心地として繁栄した。幕末の慶応二（一八六六）年、長州戦争に敗れた幕府軍の小笠原氏は自ら城を焼いて田川郡香春町に退却し香春藩を置いた。現在の小倉城天守閣は太平洋戦争後に復元されたものである。

さて、小倉北区には二か所に万葉歌碑がある。新勝山公園の万葉の庭と長浜の貴布祢神社の境内である。新勝山公園の万葉の庭には巨大な自然石の歌碑六基がどっしりと立っているが、北九州市教育委員会発行の資料によると、この石は大分県国東半島の桂川から運ばれたものであるという。昭和四十六年一月に北九州市が建立したもので、碑面にはいずれも『万葉集』の古写本から採字した万葉仮名で歌が刻まれており、各碑の横に活字体の読み下し文が刻まれた碑が添えられている。これらの副碑も大分県の山国川から採取された自然石である。

一号碑

豊国之聞之浜辺之愛子地真直之有者何如将嘆　作者不詳（巻七・一三九三）78

豊国の聞《きく》の浜辺のまなごつち真直《まなお》にしあらば何か嘆かむ――豊国の企救の浜辺の細かい砂地のように、あの人が素直であったなら何で嘆くことなどありましょう

二号碑

豊洲聞浜松心哀何妹相云始　作者不詳（巻十二・三一三〇）79

豊国の聞《きく》の浜松ねもころに何しか妹《いも》に相云《あいい》ひそめけむ――豊国の企救の浜松の根が地に食い込んでいるように、どうしてねんごろにあの子と契り合ってしまったのだろうか

万葉の庭の三号碑（北九州市小倉北区新勝山公園）80

万葉の庭の四号碑（北九州市小倉北区新勝山公園）81

三号碑

豊国乃聞之長浜去晩日之昏去者妹食序念

作者不詳（巻十二・三二一九）80・84

豊国の聞《きく》の長浜ゆきくらし日の暮《くれ》ゆけば妹《いも》をしぞ思ふ――豊国の企救の長浜の長々と続く浜を日がな一日歩き続けて日も暮れ方になってゆくのであの子のことが思われてならない

四号碑

小倉北区赤坂海岸から小倉港を望む

万葉の庭の五号碑（北九州市小倉北区新勝山公園）82

万葉の庭の六号碑（小倉北区新勝山公園）83

豊国能聞乃高浜高々二君待夜等者左夜深来　作者不詳（巻十二・三二二〇）81

豊国の聞の高浜高々に君待つ夜らはさ夜ふけにけり――豊国の企救の高浜の高々と砂丘が続くその浜ではないが、高々と爪立つ思いであなたのお帰りを待っているこの夜はもうすっかり更けてしまいました

五号碑

豊国企玖乃池奈流菱之宇礼乎採跡也妹之御袖所沾計武　作者不詳（巻十六・三八七六）82

豊国の企救の池なる菱《ひし》の末《うれ》を採《つ》むとや妹がみ袖濡れけむ――豊国の企救の池にある菱の葉末の実を摘もうとしてあの女《ひと》のお袖があんなに濡れたのであろうか

六号碑

霍公鳥飛幡之浦尓敷浪乃屡君乎将見因毛鴨　作者不詳（巻十二・三一六五）83

ほととぎす飛幡の浦に敷く浪のしばしば君を見むよしもがも――ほととぎすが飛ぶというではないが、その飛幡の浦に繰り返し寄せる波のようにしばしば重ねてあの方にお逢いできるきっかけがあったらなあ

一号から五号までの歌はすべて「豊国の聞《きく》（企玖）」で始まっている。豊国の聞（企玖）とは豊前国企救郡のことで今の北九州市門司区・小倉北区・小倉南区を含む地域である。関門海峡に面する門司区大里から小倉北区砂津に至るゆるい弓なりの海岸が「聞の浜」で、その中心赤坂海岸辺りを「聞の長浜」、「聞の高浜」と表現したと思われる。今は赤坂海岸の西に続く湾を高浜港といい、地名を高浜という。その西側が長浜町で砂津川が注ぎ込む砂津港となっている。聞（企救）の浜は対岸に彦島（山口県下関市）を望み、昔は白砂青松の美しい海岸として知られていたが、今は全く様変わりして海岸沿いに国道一九九号線が走り、その沿線には海運

新勝山公園周辺図

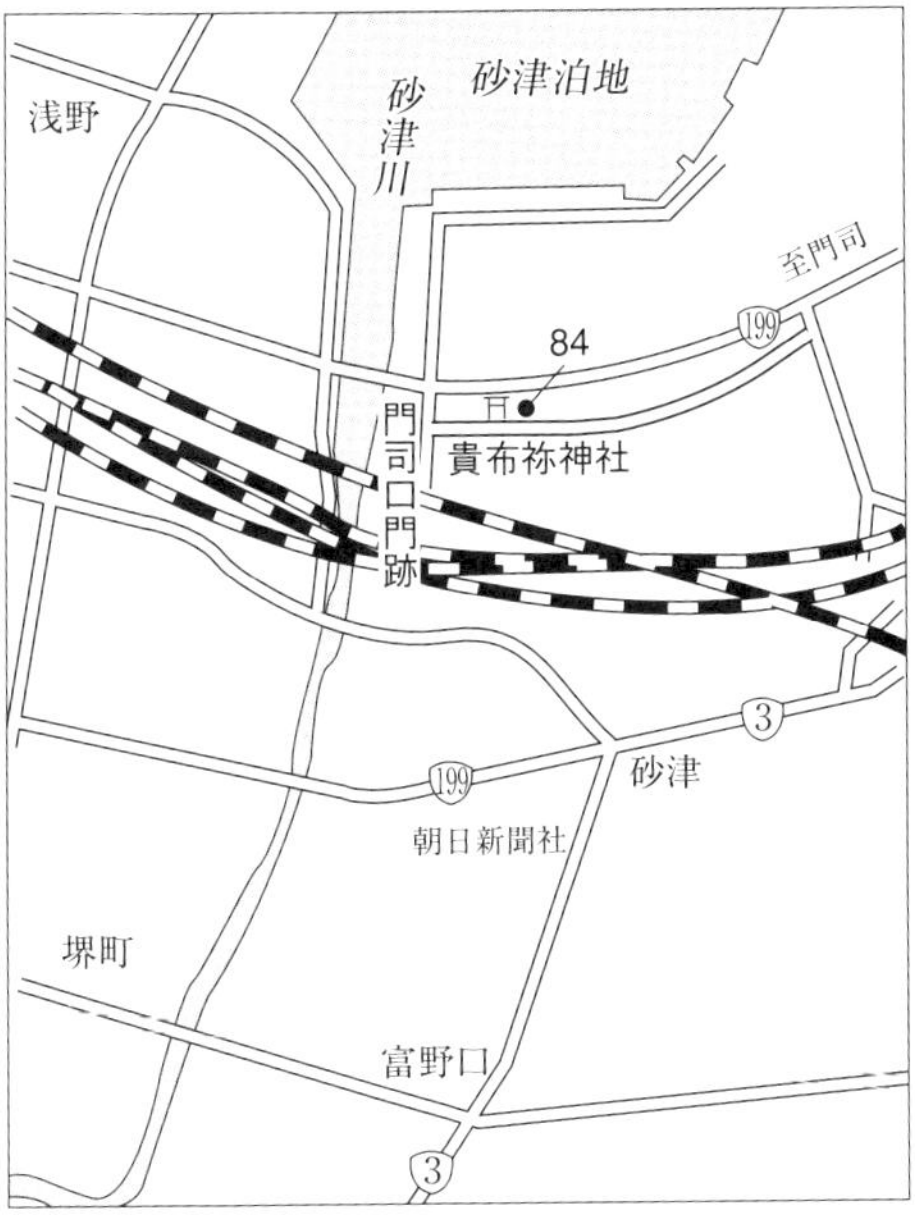

貴布祢神社周辺図

貴布祢神社境内の万葉歌碑（北九州市小倉北区）84

関係の会社、工場、倉庫等が建ち並んでいる。わずかに赤坂海岸、延命寺臨海公園の松林が昔を偲ばせる。これより南を走る国道三号線沿いの丘陵地に手向山公園があり、巌流島（船島）の決闘で宮本武蔵に敗れた佐々木小次郎の碑がある。展望台に上ると関門海峡を一望することができるが、残念ながら巌流島は彦島の陰になって見えない。

さて、一号碑の歌では自分の思う男を企救の浜の真砂に、二号碑の歌では女との深い関係を浜松の根に譬え、また三号碑の歌では長々と続く浜を引き合いにして、一日中歩き疲れた旅人が家郷の妻をひとしお恋しく思っていることを表し、四号碑の歌では高々と続く砂丘の浜辺を引き合いにして、男の帰りを爪立つ思いで待っている女心を強調している。いずれも企救の浜の様子をうまく詠み込んだ歌である。しかしその美しい砂浜は今はない。

五号碑の歌は前四首と趣が違っている。題詞によると豊前の白水郎《あま》（海人）の歌となっているので、豊前の漁師らが宴席などで歌っていたものらしく、「妹」は遊行女婦のことであるという。「企玖の池」とはどこの池を指しているのか不明である。この歌の碑は京都郡豊津町の豊前国府跡公園万葉歌の森にもあるが、同公園の歌碑については後述する。六号碑の歌については既に述べた。

長浜の貴布祢神社境内の歌碑については前出三号碑の歌と同じであるので省略する。同神社の前には幅六メートル位の市道が通っているが、この道は江戸時代、小倉から門司の大里へ向かう参勤交代の道であった。この道を西に一〇〇メートル位行くと砂津川に架かる門司口橋があるが、当時はこの橋の袂に小倉城郭の門の一つ門司口門があった。今はこの上をJR新幹線が走っている。

筑豊

筑前と豊前を結ぶ要

遠賀川（嘉穂郡稲築町）

稲築の山上憶良歌碑

嘉穂郡稲築《いなつき》町は、庄内町との境界をなす東部丘陵地と、穂波町・桂川《けいせん》町・碓井《うすい》町との境界をなす西部丘陵地との間に挟まれた、遠賀川上流域と山田川流域に発達した町である。この二つの川が合流する同町鴨生《かもお》・大倉付近に安閑天皇二（五三一）年鎌屯倉《みやけ》（朝廷の穀倉、直轄地）が置かれ、鎌郡一帯の米や産物が集積された。大化改新によってこの屯倉は廃止されたが、代わって国郡里制によって筑前国鎌郡の郡衙《ぐんが》（郡役所。郡家《ぐうけ》ともいう）が鴨生、中の坪辺りに置かれた。現在その推定地である稲築消防団第三分団の前に「郡役所址」の碑が建てられている。

和銅六（七一三）年風土記編纂の詔が出され、この中で地名は好字二字で表記するよう指示されたので、これによって「鎌郡」が「嘉麻郡」と表記されるようになった。時代が下って明治二十九（一八九六）年郡制施行に併せて郡の合併統合が行われ、嘉麻郡と穂波郡が合併し嘉穂郡となり、現在に至っている。

稲築は二つの川が合流する舟運利便の地であり、古代嘉麻郡の中心地だったのである。稲築という地名は鎌屯倉を稲築とも称したことによるという説と、神功皇后が宇美から都へ帰る途中この地で休息した折り、里人が稲束を敷きこれを御座所としたことが名の起こりという言い伝えがあり、後者は稲築八幡宮の起源とされている。明治以降は有数の炭鉱町となったが、昭和四十八年に炭鉱が姿を消してからは元の静かな農村地に戻っている。

稲築町内には十基の万葉歌碑があるが、全て山上憶良の歌である。

憶良は神亀三（七二六）年から天平三（七三一）年までの六年間筑前国守の任にあったが、神亀五（七二八）年七月二十一日、管内巡視のため嘉摩郡役所に立ち寄り、その際嘉摩三部作としてよく知られている「或情《まどえるこころ》を反《かえ》さしむる歌」、「子等を思ふ歌」、「世間の住《とど》み難《かた》きを哀《かな》しぶる歌」をものしている。即ち稲築町は憶良の歌ゆかりの地なのであり、それゆえに全ての碑が憶良の歌なのである。

嘉摩三部作の歌碑（嘉穂郡稲築町鴨生公園）67

ひさかたの天路は遠しなほなほに家に帰りて業《なり》を為《し》まさに

天への道のりは遠いのだ、私の言う道理を認めて素直に家に帰って家業に励みなさい

（巻五・八〇一）67・70

銀《しろがね》も金《くがね》も玉も何せむに勝《まさ》れる宝子に及《し》かめやも

（巻五・八〇三）28・51・67・70・75

白銀も黄金も珠玉も何にしょうぞ、いかなるすぐれた宝も子に及ぼうか、及びはしないのだ

常磐《ときは》なす斯《か》くしもがもと念《おも》へども世の事なれば留《とど》みかねつも　（巻五・八〇五）67・70

常磐のように不変でありたいと思うけれども老や死は人の世の定めであるから、留めようにも留められはしないのだ

右の三首が同町鴨生公園の「嘉摩三部作の碑」に刻まれている。揮毫者は鴨生在住の金丸嘉與子女史である。万葉歌に造詣の深い方で山上憶良を敬愛し、郡役所跡碑の近くにある自邸内に「鴨生憶良苑」（犬養孝の命名）を設けるなどして町の文化振興に尽力されている。同苑の歌碑については後述する。

金丸邸鴨生憶良苑の嘉摩三部作歌碑（嘉穂郡稲築町）70

嘉摩三部作はいずれも漢文の序と長歌、反歌とから成っているが右の三首はその反歌である。

これらの歌が詠まれた当時、父母に孝養を尽くすことを忘れ、妻子の扶養をも放棄し山野に逃亡して「倍俗《ばいぞく》先生」（世俗にそむく先生）と自称している輩が多く。社会を乱していた。そこで、国守の任務として三綱五教の道を歌で諭したのが「或情を反さしむる歌」である。この背景には憶良の「貧窮問答歌」にもあるように、多くの農民の貧しく苦しい生活があったのであろう。

※三綱＝君の臣に対する道、父の子に対する道、夫の妻に対する道の三つの教え
五教＝父子に親あり、君臣義あり、夫婦別あり、長幼序あり、朋友信ありとの教え

鴨生公園にある山上憶良歌碑（嘉穂郡稲築町）68

郡役所址の山上憶良歌碑（嘉穂郡稲築町）75

「銀も金も玉も何せむに」とずばり言い切った「子等を思ふ歌」は万葉歌の中でも最もよく知られ親しまれている歌の一つであり、憶良の名と共に不朽である。県内にはこの歌碑が七基あり知名度の高さを示している。

瓜《うり》食《は》めばこども思ほゆ栗食めばまして偲《しの》はゆいづくより来りしものぞまなかひにもとなかかりて安寐《やすい》し寝《な》さぬ　（巻五・八〇二）

瓜を食べると子どものことが思われる、栗を食べると一層思い出される。かわいい子どもというものはいったいどういう宿縁でどこからわが子として生まれてきたものであろうか、よしなく眼前にちらついて安眠させてくれないことだ

愛は子に過ぎたるはなしと、子どもに対する親の深い愛情を歌った歌は時代を越えて多くの人の共感を呼ぶ。親というものはわが子が幾つになっても気にかかり心配するものである。罪を犯し世間のつまはじき者になったできそこないのわが子は、なお不憫に思う。それが世間一般の親というものだが、この頃はわが子を殺し、虐待する親が多くなっているというのはどうしたことであろう。あまりにも我欲に取り憑かれ、短絡思考に走

り、人倫（人の道）を忘れた者が多くなっていること、ひいてはそれが少年犯罪の凶悪、多発化につながっていることを思う時、改めて憶良の歌を噛みしめてみる必要がある。

「世間の住み難きを哀しぶる歌」は老醜の悲しみを主題とした歌である。仏教で説く八大辛苦は人間の逃がれることのできない定めである。「ああ嫌だ、嫌だ」と思うけれども、昔これ紅顔の美少年も、また眸をめぐらし一笑すれば百媚を生じる花の顔《かんばせ》も、やがて年を取り老醜を晒す。

我が国は今や少子高齢化社会となり住み難き世の中へと拍車がかかっていることが気になって仕方がない。憶良の歌が迫ってくるようである。

鴨生公園の二つ目の碑にあるのが次の歌である。

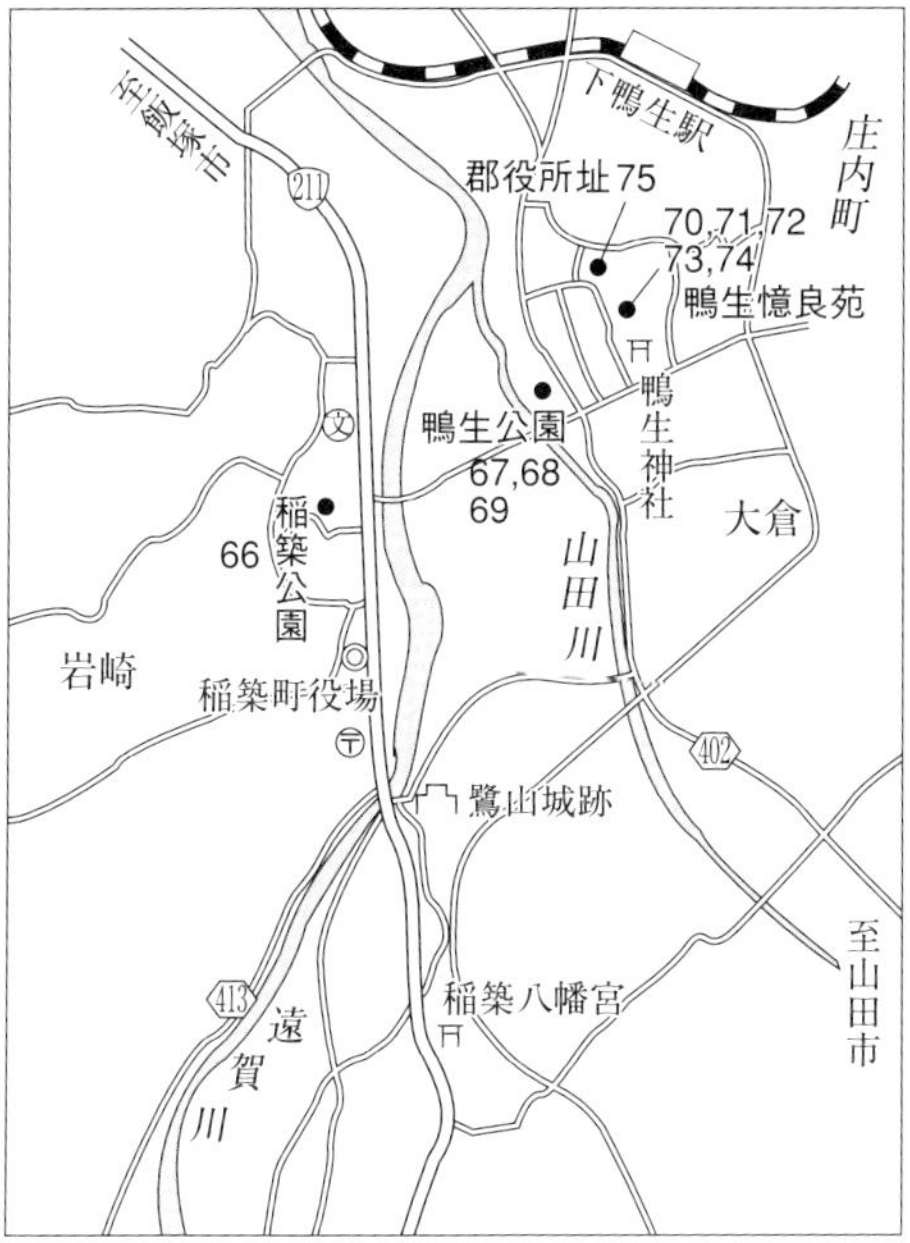

稲築町中心図

憶良等者今者将罷子将哭其彼母毛吾乎将待曽

憶良等は今は罷《まか》らむ子泣くらむ　それその母も　我《あ》を待つらむぞ　（巻三・三三七）68――わたくし憶良はもうこれで失礼いたしましょう、家では子どもが泣いていましょう、多分その子の母も私の帰りを待っておりましょう

この歌は憶良が大宰帥邸での宴席から退出しようとして歌ったものである。「今日は子どもと約束が

鴨生公園の万葉歌碑（嘉穂郡稲築町）69

鴨生憶良苑の碑（嘉穂郡稲築町）

あるから」「かあちゃんが待っているので」などと現代社会でも途中退席しようとする時によく言うセリフである。引き留めようとしてもそう言われると無理にとは言えなくなる。おもわずくすっと笑ってしまいそうな歌である。

　鴨生公園の三つ目の碑には太宰府市役所の庭の碑と同じ梅花の歌が刻まれている。

　波流佐禮婆麻豆佐久耶登能烏梅能波
　奈比等利美都都夜波流比久良佐
　武　（巻五・八一八）43・69

　二つ目と三つ目の碑は共に原文の万葉仮名で刻まれており、犬養孝の揮毫によるものである。

　同町岩崎の稲築公園には前記「子等を思ふ歌」の碑がある。正面に、書家高塚竹堂の流麗な仮名書で反歌が刻され、側面に漢文の序、長歌、反歌が刻されている。揮毫者は書家吉積竹鳳である。側面のものを次に掲げる。

思子等歌一首并序

稲築公園の「子等を思ふ」歌碑の側面（嘉穂郡稲築町）66

釈迦如来金口正説等思衆生如羅候羅又説愛無過子至極大聖尚有愛子之心况乎世間蒼生誰不愛子乎　66

釈尊が御口ずから説かれるには「等しく衆生を思うことは我が子羅候羅《らごら》を思うのと同じだ」と、しかしまた一方で説かれるには「愛執は子に勝るものはない」と、この上ない大聖人でさえもなおかつこのように子への愛着に執われる心をお持ちである、ましてや俗世の凡人たるもの誰が子を愛さないでいられようか

宇利波米婆胡藤母意母保由久利波米婆麻斯提斯農波由伊豆久欲利枳多利斯物能曽麻奈迦比尓母等奈可可利提夜周伊斯奈佐農　（巻五・八〇二）66

銀母金母玉母奈爾世武爾麻佐禮留多可良古爾斯迦米夜母　（巻五・八〇三）66

神亀五年七月二十一日 於嘉摩郡撰定　筑前国守山上憶良

なお、嘉摩郡役所跡の碑のそばにもこの反歌（八〇三）の碑がある。

前出金丸邸内の「鴨生憶良苑」には嘉摩三部作の碑他四基の歌碑がある。主人金丸女史の言によると、実はこの嘉摩三部作の碑は最初平成五年に鴨生公園に建てられたが、台座から剥げ落ちたためこれを金丸邸に移し、鴨生公園には平成六年に新たに複製して据え付けた由である。同苑の他の四基の歌は以下の通りである。

金丸邸鴨生憶良苑の万葉歌碑（嘉穂郡稲築町）72

敢へて私の懐《おもい》を布《の》べたる歌
吾《あ》が主のみ霊《たま》賜ひて春さらば奈良の都に召上《めさ》げ給はね
（巻五・八八二）72
あなた様のお心入れをお授け下さって春になったら奈良の都にどうか召し上げて下さいませ

秋の野の花を詠める歌二首
秋の野に咲きたる花を指折《およびを》りかき数ふれば七種《ななくさ》の花
（巻八・一五三七）74
秋の野に咲いている花を指を折って数えてみると七種の花である
萩の花尾花《おばな》葛花《くずばな》瞿麦《なでしこ》の花女郎花《をみなへし》また藤袴《ふじばかま》朝顔の花
（巻八・一五三八）74
七種の花というは萩の花に尾花、葛の花、なでしこの花、それからおみなえしに藤袴、朝顔の花だよ

七夕の歌
牽牛《ひこほし》の嬬《つま》迎へ船こぎ出《づ》らし天の川原に霧の立てるは
（巻八・一五二七）73
彦星の妻を迎えに行く舟が今漕ぎ出したらしい、天の川原に霧がかかっているところから推すと

貧窮問答歌
世間《よのなか》を憂《う》しとやさしと思へども飛び立ちかねつ鳥にしあらねば　（巻五・八九三）71
この世の中をわずらわしいもの、身も細るような所と思うけれども、捨ててどこかへ飛び去るわけにもゆかない、私ども人間は所詮鳥ではないので

「私懐を述べる歌」は三首あるが（巻五・八八〇〜八八二）、左注によれば「天平二年十二月六日謹上」となっているので、大伴旅人が大納言となって帰京する際に、既に任期を過ぎている憶良が（規定では国守の任期は四年）自分を都に早く呼び戻してほしいと頼んでいる歌である。この時憶良は七十歳を過ぎていた。大宰府は遠の朝廷と呼ばれる地方の大都会ではあったものの、都の人から見れば「天離《あまざか》る鄙《ひな》」であり、ふるさとの都へ帰りたいという思いを強くしていたことであろう。

二首を刻む山上憶良歌碑（嘉穂郡稲築町金丸邸鴨生憶良苑）74

憶良はこの後天平三年の暮れ頃官を辞して帰京、翌四年冬に「貧窮問答歌」をものし、同五年（七三三年）七十四歳で病没している。

秋の七種の花の歌は、憶良が管内巡視中にどこかの野原で遊んでいる子供たちに、自分の指を折り数えながら教えたのであろうか、ほほえましい情景が想像される。その一方で、管内巡視中に農民たちの極貧にあえぎ苦しむ姿をつぶさに見聞きしたことであろう。そのことによって漢籍に通じ、また仏教、儒教の思想に裏打ちされた高潔で人情に厚い憶良の心をつき動かし、人々の感動を呼ぶ貧窮問答歌となったのであろう。

山上憶良歌碑（嘉穂郡稲築町金丸邸鴨生憶良苑）71

七夕の歌歌碑（嘉穂郡稲築町金丸邸鴨生憶良苑）73

なお、七種の歌（巻八・一五三八）は豊津町の豊前国府跡公園万葉歌の森にも碑がある。

万葉の里香春町

田川郡香春町は「万葉の里」とPRしているだけあって、八基の万葉歌碑がある。同町は福智山地を源流とする金辺《きべ》川の流域に開けた町で『豊前国風土記逸文』に「豊前国田河郡鹿春郷」と出ている古代の郡の中心地であった所である。採銅所の地名があるように古代の銅産出地としても知られ、大宰府官道の田河道が通っていた交通の要所でもあった。

幕末の一時期香春藩（小笠原氏）が置かれたこともあり、石炭新興都市田川市に取って代わられるまで、郡内の政治、経済、文化の中心地であった。昭和初期からセメント生産のための石灰石採掘が香春岳一の岳で始まり、現在では山の上半分が消えてしまった。香春岳は三つの岳が形よく並び、民謡「炭坑節」にも唄われており、昔を知る者にとってはまことに淋しい限りである。万葉人も朝に夕に眺め親しんだ山であったであろう

国道二〇一号線を田川市から進んでくると、清瀬橋の袂で国道三二二号線と交差し金辺川の東岸を走り、岩原口《いわらぐち》（唐子橋）交差点から右折して行橋市へ向かう。一方三二二号線は清瀬橋を渡って金辺川の西岸を北上し小倉へ向かうが、橋を渡ってすぐの所から左手の脇道（旧道）に入ると、昔の香春町の中心街である。この通りに面して香春藩庁跡や田川郡役所跡、伊能忠敬《いのうただたか》止宿跡（地図作成のため全国を測量して廻った時の宿所跡）などがあり、静かな家並みに昔が偲ばれる。これより少し北に進んだ所に須佐神社があり、広い境内の入

口付近に万葉歌碑がある。

豊国の香春は我家《わぎえ》紐《ひも》の児《こ》にいつがり居れば香春は我家《わぎえ》

豊国の香春は我が家だ、愛する紐児といつも一緒に居られるのだもの、香春はまぎれもなく我が家だ

抜気大首（巻九・一七六七）95

抜気《ぬきけ》大首《おおびと》は伝未詳であるが、この歌は同人が都から当地に役人として赴任してきて、任地の紐児《ひものこ》という娘を妻としたその時の喜びの歌である。「香春は我家」と二度も繰り返しているところに強い喜びの様子が窺えるが、その裏には奈良の都にある自分の家を意識しているのである。紐児という娘は遊行女婦《うかれめ》なのであろうか。

抜気大首は都から来た役人であるから任期が終われば都へ帰って行く。所詮紐児にとっては旅人に過ぎず、この後には悲しい別れが待っているのである。当時国司は任地の女と結婚してはならないという定めがあったが、現実にはこの歌のように結婚する例が多かったらしい。今の社会でも単身赴任したサラリーマンが現地妻をこしらえて、これが不倫として騒動を起こし、週刊誌や小説、テレビドラマのネタになっている。

鏡山神社の大鳥居（田川郡香春町）

豊国の香春は我家紐の児に
いつがり居れば香春は我家

須佐神社境内の万葉歌碑（田川郡香春町）95

この歌の碑は豊前国府跡公園にもある。

さて、国道二〇一号線を前述のように唐子橋の交差点から右折して行橋市へ向かうと、間もなく左手に大きな鏡山神社の大鳥居が見える。その先にこんもりとした森があり一見古墳のように見えるが、石段を上っていくと頂上に鏡山神社が鎮座している。

この石段の上り口に歌碑がある。

鏡山神社への石段登り口にある万葉歌碑（田川郡香春町）98

梓弓《あずさゆみ》引き豊国の鏡山見ず久ならば恋しけむかも

按作村主《くらつくりのすぐり》益人《ますひと》　（巻三・三一一）98

馴染みとなった豊国の鏡山、この山を久しく見ないようになったらさぞかし恋しくなることであろう

国司の任を終え、住み馴れた任地鏡山を離れるに当たっての惜別歌である。作者益人は伝未詳であるが、「村主」というのは姓《かばね》で、朝鮮語では村長を意味するというから渡来系の人物であろう。この歌もまた豊津町の豊前国府跡公園に碑がある。

石段上り口から裾の道を西へ行くと、約一五〇メートルの所にこの地で没した大宰帥河内王の陵墓がある。ここは宮内庁管理の勾金《まがりかね》陵墓参考地である。『日本書紀』によれば、河内王は持統天皇三（六八九）年八月に筑紫大宰帥に任ぜられ、同八（六九四）年春任地で没した。河内王は何故か香春の地がお気に入りであったので、ここ鏡山に葬られたらしい。河内王を鏡山に葬る時の妻手持女王《たもちのおおきみ》の悲しみの歌三首がある。

王《おほきみ》の親魂《にぎたま》逢へや豊国の鏡の山を宮と定むる　（巻三・四一七）96

わが君の御心にかなったというのであろうか、都から遠い豊国の鏡山を常宮〈墓所〉とお定めになってしまった

豊国の鏡の山の石戸《いはと》立て隠《こも》りにけらし待てど来まさず　（巻三・四一八）99

河内王は豊国の鏡山の宮（墓所）の岩戸をぴったり閉ざして籠もってしまわれたらしい、いくらお待ちしてもお出でになっては下さらない

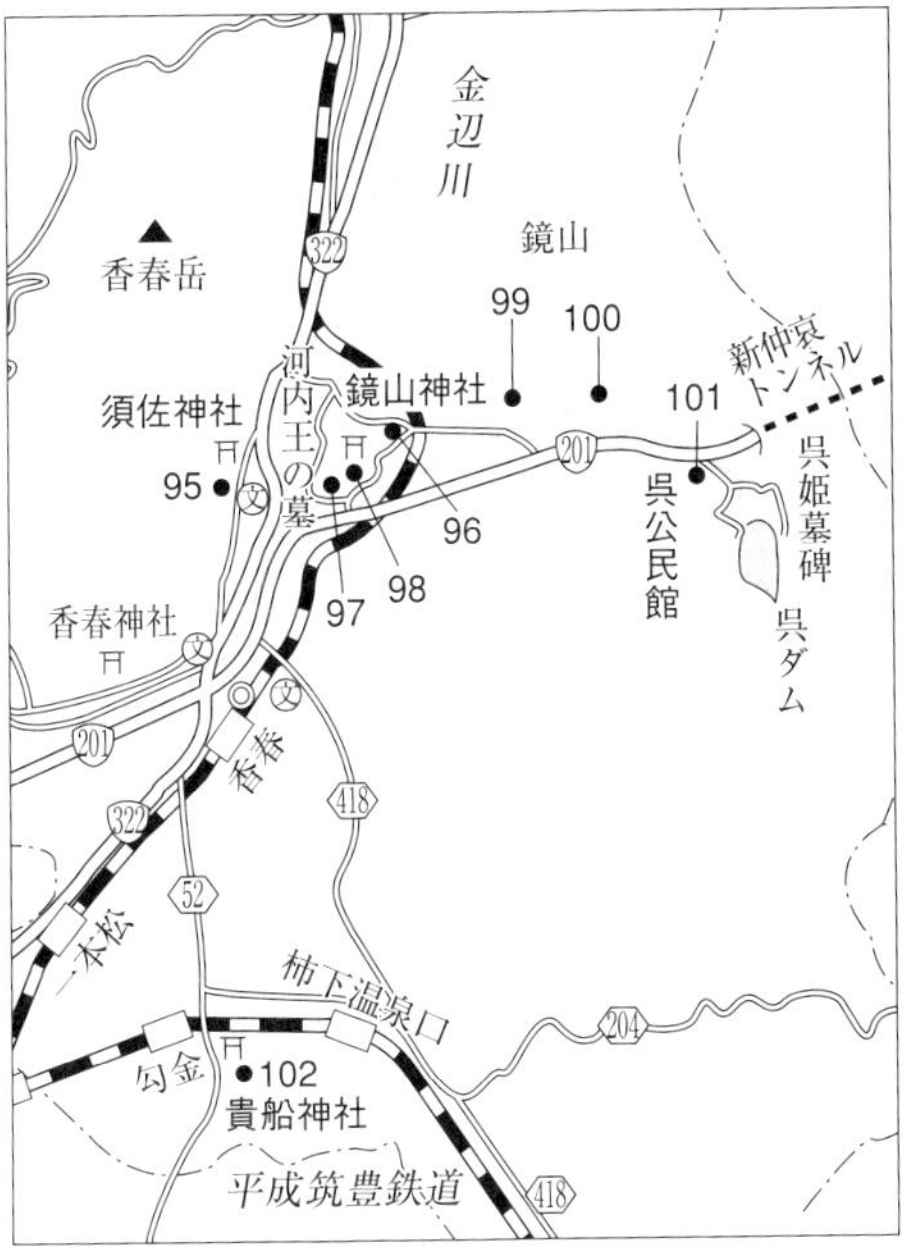

香春町中心図

石戸破《いはとわ》る手力《たぢから》もがも手弱《たよわ》き女《おみな》にしあれば術《すべ》の知らなく　（巻三・四一九）97

岩戸を打ち砕く力がこの手にあったらなあ、（河内王を呼び戻したいが）か弱い女の身であるのでどうしてよいか手立てがわからない

手持女王のこの三首には「鏡」、「岩戸」、「手力」という三つの言葉が揃っていて、『記紀』に記された天照大神の天岩屋戸神話が歌の背後にこめられていることがわかる。「石戸立て」は墓の入口を岩の

戸で塞いでいる様子を表し、もはや河内王に逢えない悲しみを述べ、「石戸破る」は天照大神を天岩屋戸から引っ張り出した手力男神《たぢからおのかみ》のような力が自分にあればと嘆き、河内王の死を悼んでいるのである。

一首目の歌碑は神社石段上り口から東方約三〇〇メートルの伽羅松《がらんまつ》に、二首目の歌碑は更にこれより東の鏡山集落の鏡ケ池へ向かう三差路近くに建っている。また三首目の歌碑は石段上り口から河内王陵墓へ向かう途中にある。伽羅松というのは、地元の人の話によると、昔ここに大きな一本の松の木があった。戦国時代、香春岳城の間者《かんじゃ》がこの木の上で敵方の動静を見張っていたのだという。今はその松の木はないが、松の木に因ん

鏡山神社近くの伽藍松の万葉歌碑（田川郡香春町）96

鏡ケ池入口付近にある万葉歌碑（田川郡香春町）99

河内王陵墓近くの万葉歌碑（田川郡香春町）97

でその場所を通称伽羅松と呼んでいる。
鏡ケ池というのは山手へ少し登った所にある神功皇后ゆかりの池である。周囲は大きな古樹に囲まれていて、表示がなければわからないような小さな池である。その昔神功皇后がこの山の上で天神地祀に祈りを捧げた後下山し、この池の水に姿を映し顔を整えたと伝えられている。鏡山という地名もこれに由来している。「鏡乃池」碑が建っており、いつ、誰の作かわからない古歌が刻まれている。

　豊国の鏡乃池能鏡石かくれもせしな現れもせし

なお、この池の上方に「玉垣様」と呼ばれる古い祠があり、手持女王を祀ったものだと伝えられている。
鏡山集落の東隣に石鍋口の集落がある。大坂山（飯岳山、五七三メートル）から発する呉《くれ》川が流れているがその川沿いに次の歌碑がある。

石鍋口の万葉歌碑（田川郡香春町）100

　石上《いそのかみ》布留《ふる》の早稲田《わさだ》の穂にはいでず心のうちに恋ふるこの頃

　　　　抜気大首（巻九・一七六八）100

石上の布留の早稲田の稲が他に先駆けて穂を出すように、軽々しく表に出さずに心の中で恋い焦がれているこの頃だ

石鍋口集落から南、国道二〇一号線を挟んで呉の集落があり、呉公民館前の呉川眼鏡橋の袂に同じ作者の歌碑がある。

　斯《か》くのみし戀ひしわたればたまきはる命もわれは惜しけくもなし

呉川眼鏡橋そばの歌碑（田川郡香春町）101

抜気大首　（巻九・一七六九）101
　こんなに（紐児を）恋しく思い続けているので苦しい程である、命も惜しいとは思わない

右の二首は前出の紐児の歌（巻九・一七六七）と合わせ抜気大首が紐児を娶った時の喜びの歌である。「石上布留」は現在の奈良県天理市の石上神社の辺りと考えられており作者の故郷であるらしい。

霊剋《たまきはる》という語は「玉剋春」「玉剋」「玉切」「霊寸春」と色々に表記されて集中に出てくるが、命の枕詞で魂が極まってあるものの中に張る意を示す言葉である。この歌では紐児と結ばれて喜びいっぱいということを表している。現在でも仲睦まじい新婚夫婦を「新婚ほやほや」「新婚熱つあつ」などと言いはやすが、そういう喜びで有頂天になっている状態を指しているのであろう。

石鍋口の石鍋というのは土地の人の話によると、昔この地で産出した滑石のことで、それが地名の語源となっている由である。呉公民館から呉ダムに向かって坂道を上って行くと左手にある呉の集落の一角に「呉媛《くれひめ》之墓」碑がひっそりと建っている。碑銘には大正七年田川郡教育会建立とある。西暦四世紀から六世紀にかけて、大陸から漢織《あやはとり》、呉織《くれはとり》という機織りの技術集団が我が国に渡来しているが、そういう人たちの中の一人であろうか、女性がこの地に住み着いたと伝えられており、これより呉の地名が生まれたという。この里の人々に機織り技術を教えたのであろう。碑の横に福岡県作成の説明板があり作者不詳の短歌が添えられている。

呉媛の痛みし想い楠の木がただだんまりと胸に抱きしむ

国道三二二号線を田川市へ逆戻りし、香春交差点から左に分かれて県道五二号線を大任町へ向かうと、ほどなく平成筑豊鉄道田川線の踏切がある。これを越して右に行くと勾金《まがりかね》駅であるが、曲がらずに真っすぐに五〇メートル程進むと左手に貴船神社があり、境内入口石段横に歌碑が建っている。碑面の上部には「神功皇后御遺跡」とあり、その下に歌が刻まれている。

妹之髪上[小]竹葉野之放駒蕩去家良思不合思者　作者不詳（巻十一・二六五二）102
妹が髪あげ竹葉野《たかはの》の放ち駒荒びにけらし逢はなく思へば――あの子の髪は掻き上げて束ね、竹葉野の放し飼いの馬のようにあの子の気持ちはすっかり荒れて離れてしまったらしい、逢ってくれないことを思うと

碑の二句目の間に[小]と入っているが、これは万葉集の諸古本に「小竹葉野」とあることによるもので、[小]は衍字《えんじ》（不要の字）と見なされていることから□書きしたものであろう。

この歌碑がある一帯は紫竹原《しちくばる》といい旧勾金村の中心地域であったようである。牧場があったという竹葉野がどの辺りなのか不明であるが、町役場がある一帯を現在高野というので、あるいはこの辺りにあったのかも知れない。紫竹原は広い平坦な田園地域であるが、昔は紫色の小竹が沢山生えていたのでこの名があるという。ここから西に程近い田川市境に鎮西原《ちんぜいばる》（伊田原ともいう）という所があるが、これは源鎮西八郎為朝が住んでいたという屋敷跡に因む地名である。現在は田川市上伊田に属するが天台寺跡（上伊田廃寺）などもあり古代香春郷の要地だったと思われる。

貴船神社境内入口の万葉歌碑（田川郡香春町）102

古代の中心地豊津

京都郡豊津町は今川と祓川《はらい》の流域に発達した豊前平野の豊津丘陵台地にある豊かな田園都市で、先史時代から栄えた地域である。律令時代は豊前国府や仲津郡の郡衙が置かれ、聖武天皇の御代天平時代に豊前国分寺や国分尼寺が、そして平安時代には豊前国惣社《そうじゃ》八幡宮が建立された。また一時期、香春藩は豊津藩へと移っていたこともあり、豊津は古代から豊前地方の政治、経済、文化の中心地であった。国分、国作《こくさく》、惣社といった地名はその名残の歴史的地名である。

古代の旅行者は太宰府から田河官道（豊前路）を蘆城（筑紫野市）、伏見（穂波町）、綱別《つなわき》（庄内町）、田川（香春町）と経て仲哀峠を越えて多米《ため》（勝山町）に至り、ここから豊前国府に向かい、一方は多米から分かれて苅田（苅田町）、貫《ぬき》（小倉南区）、文字ケ関（門司区）と進み都へ上ったのである。豊津は古い歴史を持ち甲《かぶと》塚《づか》古墳、八景山古墳などの古代史跡が多い。八景山公園からは豊津の田園風景が一望できる。

額田王の歌碑（京都郡豊津町豊前国府跡公園万葉歌の森）91

三方沙弥の万葉歌碑（京都郡豊津町豊前国府跡公園万葉歌の森）94

同町国作の豊前国府跡公園の一角に「万葉歌の森」があり、ここに十基の万葉歌碑がある。平成七年に豊津町が公園整備に合わせて建てたものである。十基中豊前国にゆかりのある歌碑は四基しかなく、他の六基の歌については選定された理由はよくわからない。また六基の歌（巻三・三一一〈86〉、三一八〈89〉、巻六・九五九〈85〉、巻八・一五三八〈90〉、巻九・一七六七〈87〉、巻十六・三八七六〈88〉）については既に他の項で述べているので、残り四首について以下に述べることにする。

あしひきの山道も知らず白橿の枝もとををに雪の降れれば

三方沙弥（巻十・二三一五）94

山道のありかさえわからない、白橿《しらかし》の枝も撓《たわ》む程に雪が降り積もっているので

この歌は左注に「人麻呂歌集に出づ。ただし或本に三方沙弥が作と云う」とあり、三方沙弥が他人の作歌を利用したものであろうという。山中の雪の深さに驚嘆した歌であるが、どこの山道なのかはわからない。

あかねさす紫野ゆき標野《しめの》ゆき野守は見ずやきみが袖振る

額田王（巻一・二〇）91

紫草を植えている御料地の野をあちらへ行ったりこちらへ行ったりして、貴

豊前国府跡公園万葉歌の森にある小野老の万葉歌碑（京都郡豊津町）89

方が袖を振って合図するのを野の番人が見てはいないでしょうか

近江大津宮に遷都した翌年の天智天皇七（六六八）年、天皇が近江国（滋賀県）蒲生野《がもうの》に遊猟した時の歌である。遊猟とは毎年五月五日、野山に出て薬草を摘んだり鹿の角（袋角）を切り取ったりする薬猟《くすりがり》の行事のことである。額田王は万葉第一期を代表する女流歌人で、はじめは大海人皇子（天武天皇）の妻であったが、この歌の頃は大海人皇子の兄天智天皇に仕える身（後宮）となっていた。遊猟には大勢の群臣女官が付き従っていたはずであるが、先夫の大海人皇子が人目に立つ程袖を振って額田王に合図をしたので、歌でもってやんわり釘をさした。これに応えた大海人皇子の歌が次の一首である。

紫草《むらさき》のにほへる妹を憎くあらば人妻ゆゑに我れ恋ひめやも　大海人皇子　（巻一・二一）

紫草のように美しいあなたを憎く思うならば、人妻であるのにどうして私が恋しく思ったりなどしようか

この二首は薬猟の時の宴の歌であって、本気の恋の歌ではなく軽い座興の歌であるとする説がある。いずれにしても天智天皇が弟大海人皇子の妻であった額田王を横取りしたことは事実であり、中大兄皇子（天智天皇）自身が大海人皇子と額田王をめぐって争った心境を大和三山の天香具山、畝傍《うねび》山、耳成《みみなし》山に託して詠んだ歌が巻一にある。

香具山は畝傍雄々しと耳梨と相争ひき神代よりかくにあるらし古《いにしへ》もしかなれこそうつせみも妻を争ふらしき　（巻一・一三）

香具山は畝傍山を雄々しいと云って耳成山と争った。神代からこのようであるらしい。昔もそのようであればこそ今の世の人も妻を争うらしい

反歌

高山と耳梨山と相ひしとき立ちて見にこし伊奈美国原

香具山と耳成山と逢った時に（出雲の阿菩《あぼ》の大神が）立って見に来た印南の平原よ　（巻一・一四）

わたつみの豊旗雲に入日さし今夜の月夜さやけかりこそ　（巻一・一五）

海上に雄大にたなびいている美しい雲に入り日がさしており、今夜の月はどんなにさやかにあることか

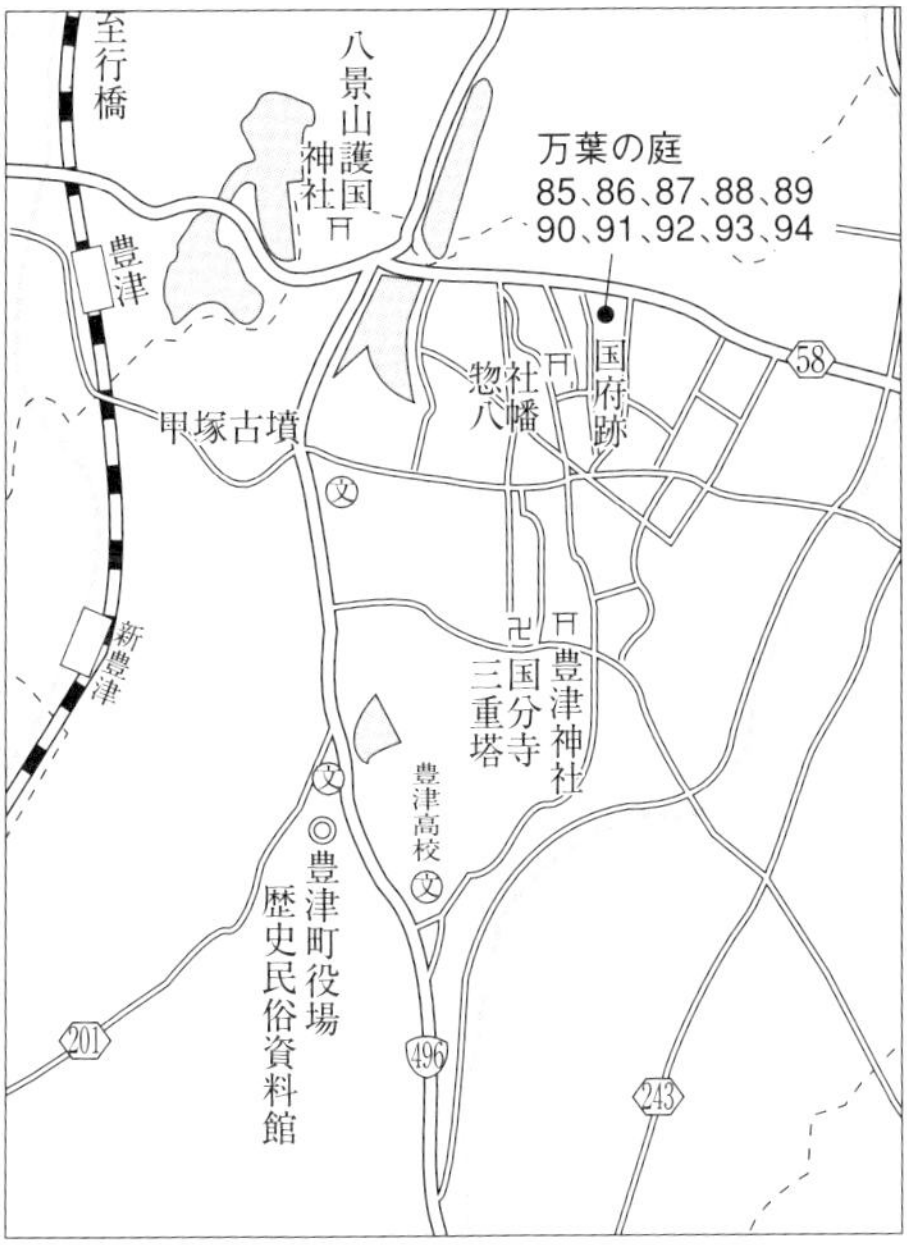

豊津町中心図

「香具山は畝傍雄々し――」は、中大兄皇子が大和三山相争の古い伝説を聞いたことが前提となっている。また、「香具山と耳梨山と――」の歌の「伊奈美国（印南）」とは、兵庫県印南郡付近のことであるらしい。

この争いは後に起こった壬申の乱の深い所にあった原因の一つではなかったかと思われるのである。

茜草《あかね》（赤根）も紫草《むらさき》も共に染料の原料となる植物で御料地で栽培されていた。「あかねさす――」と「紫草の――」の二首の歌はそれを巧みに詠み込ん

豊前国府跡公園万葉歌の森にある聖武天皇の万葉歌碑（京都郡豊津町）92

豊前国府跡公園万葉歌の森にある大伴家持の万葉歌碑（京都郡豊津町）93

だ歌である。

橘は實さへ花さへその葉さへ枝《え》に霜降れどいや常葉《とこは》の樹《き》

聖武天皇　（巻六・一〇〇九）92

橘の木は実も花もそしてその葉も冬枝に霜が降ってもますます
栄えるめでたい木であるぞ

天平八年十一月葛城王《かつらぎおう》、佐為王《さいおう》らが臣籍降下し橘宿禰の姓を賜った時の祝福の歌である。橘《たちばな》はミカン科の常緑樹で『古事記』垂仁記に「多遅摩毛理を常世の国に遣わして非時《ときじく》の香《かく》の木實《このみ》を求めたまひき（中略）これ今の橘なり」とあり、古来霊木とされた。その橘の木を讃えることで橘氏の繁栄を祝福したのである。因みに多遅《たじ》摩毛理《まもり》（田道間守）は朝鮮渡来系の人であったが、垂仁天皇に仕えていた田道間守は、天皇の命を受けて常世の国へ不老不死の果物を探しに行った。数年後、ようやくにして求めた非時香菓（橘の実といわれている。「菓」は古代では果物を意味していた）を持ち帰った時、天皇は既に薨去していた。田道間守は御陵の前で嘆き悲しんで死んだという伝承が『古事記』にある。このことから、忠臣として田道間守の物語りは戦前の初等科国語の教科書にも載せられ、その歌が小学唱歌にあったので、年配の方には懐かしい記憶があるで

歌碑が点在する豊前国府跡公園万葉歌の森

あろう。

第四十五代聖武天皇は文武天皇を父、藤原不比等の娘宮子を母とし、妻は光明子（光明皇后）である。在位は神亀元（七二四）年から天平勝宝元（七四九）年までの二十五年間であったが、その間鎮護国家思想の下に諸国に国分寺、国分尼寺を建立し、盧舎那仏《るしゃなぶつ》（東大寺）造像をなすなど天平、仏教文化を興隆させた。しかし他方において遷都を繰り返し、長屋王の変や藤原広嗣の乱の発生を見、政治の中枢にいた僧玄昉を筑紫観世音寺別当に左遷するなど政争めまぐるしく、また疫病の大流行によって藤原四氏（房前《ふささき》、麻呂《まろ》、武智麻呂《むちまろ》、宇合《うまかい》）が相次いで死没するなどのことも加わって、国内の政情は極めて不安定であった。大伴旅人、山上憶良たちが活躍した筑紫万葉歌壇の最盛期は丁度この聖武天皇の御代であったのである。なお、僧玄昉は、天平十八（七四六）年、完成した観世音寺落慶法要の日に急死したという。その墓石が同寺の西側にある。

たまきはる命は知らず松が枝を結ぶこころはながくとぞ思ふ

大伴家持（巻六・一〇四三）93

人間の寿命というのは短いものだ、われらがこうして松の枝を結ぶ心の内は互いに命長かれと願ってのことだ

古代には、「結び」の習俗があった。松の枝や草を結ぶことによって、結ぶ者の魂をその中に結び込み、強い祈りや願いを入れ込むのである。前述の可刀利をとめの歌における紐結びについても同様である。現代でも、神社でおみくじを引いて境内の木に結びつけるのは、その名残りであろう。

作者家持は大伴旅人の子である。越中守、兵部少輔《ひょうぶしょうゆう》、兵部大輔《ひょうぶだゆう》、因幡守、薩摩守、大宰少弐、参議などを歴任し、延暦四（七八五）年、従三位中納言、六十八歳で没している。大伴氏は極めて古くからの有力豪族であったが、家持の祖父の頃には新興勢力に押されて勢力に衰えを見せ、家持の頃は没落の一途であった。そして貞観八（八六六）年の応天門の変（応天門放火事件）で大納言伴（大伴）善男が失脚して後は、大伴氏は全く政治の舞台から姿を消してしまうのである。

『万葉集』には家持の歌が最も多く収録されており、大伴氏一族とその関連人物の歌も多い。また防人の歌は、家持が兵部少輔の時に職掌上防人の事務に係わり、東国の国司から進上された防人が作った歌を集録したものである。家持がいたから防人歌が残ったといっても過言ではなく、九十六首の防人歌は当時の農民の貧しい生活や苛酷な防人の制を知る上で貴重な資料である。そして万葉集最後を飾る歌は、彼が因幡守の時に詠んだ次の歌で締めくくられている。これらのことから万葉集は最終的には家持が編集したものと考えられている。

新しき年の初めの初春のけふ降る雪のいや重け《し》吉事《よごと》　大伴家持（巻二十・四五一六）

新年の初めである初春の今日、正月一日に降る雪がいよいよ積もるように、どうかよい事が重なってくれよ

福岡近県

点在する万葉歌碑

九州の自然にたたずむ歌碑

近県の万葉歌碑についてはすべてを把握しているわけではないが、関連する項で既にいくつかのものについて触れた。把握している五十五基については「県外の万葉歌碑」として巻末に添付しているが、これらを歌群によって概略分けると、一つは玄界灘沿岸の佐賀県浜玉町、七山村、唐津市、呼子町にある歌碑で、大伴旅人の「松浦河に遊ぶ歌」と山上憶良、大伴旅人の「松浦佐用姫の歌」であり、二つは唐津市神集島、長崎県の壱岐・対馬、大分県中津市にある歌碑で「遣新羅使人の歌」である。三つは朝命により筑紫（九州）に下った長田王が九州南部の隼人《はやひと》の瀬戸（鹿児島県阿久根市と長島との間の長さ約三キロの海峡・黒之瀬戸）及び野坂の浦や水島（いずれも熊本県の八代海に面した地）において詠んだ歌の碑である。長島の最南端・黒之瀬戸の丘の上（出水郡東町）に建っている歌碑は国内では最も南にある万葉歌碑ではないかと思われる。

隼人の瀬戸（黒之瀬戸）については、大伴旅人が奈良吉野の激流と対比して故郷を偲んで詠んだ歌（巻六・九六〇）があるが、この歌碑はない。

旅人は養老四（七二〇）年、征隼人持節大将軍に任命され、隼人族討伐のため筑紫に下っているので、隼人の瀬戸についてはよく知っていたであろう。この旅人の歌に詠まれている隼人の瀬戸というのは薩摩の黒之瀬戸ではなく、北九州市門司区と山口県下関市との間の海峡、即ち早鞆《はやとも》の瀬戸（関門海峡）のことであるとする説（花田昌治著『隼人乃湍門考』）がある。

黒之瀬戸と長島にかかる大橋を望む（鹿児島県）

早鞆の瀬戸は古くは隼人の瀬戸と呼ばれ、急潮を眼前に見る海岸に建っている和布刈神社は隼人社と呼ばれていたという。源平の壇ノ浦の合戦では急潮を利用した源氏方が勝利したのだという。急潮の様子は、黒之瀬戸は早鞆の瀬戸には及ばず、大伴旅人の歌意からすると早鞆の瀬戸の方が適していると思われる。

四つはその他諸々で、長崎市長崎大学のそばの「鎮懐石の歌」碑、長崎県五島市三井楽町《みいらく》（平成十六年八月一日福江市他と合併して五島市三井楽町となる）の「志賀白水郎荒雄の歌」碑及び遣唐使一員の母の歌碑、佐賀県白石町歌垣公園の「杵島曲《きしまぶり》」碑と万葉植物にまつわる歌の碑、大分県別府市城島《きじま》高原の志高《しだか》湖畔の丘の上にある由布《ゆふ》岳（一五八三メートル）を詠んだ歌の碑、山口県の防人の歌碑などである。

由布岳は、別名豊後富士とも呼ばれる火山で、歌（巻七・一一二四四）の中では「木綿山《ゆふのやま》」と表記されている。由布岳の隣りに鶴見岳（一三七四メートル）があり、志高湖は同山が噴火した時にできた火山湖であるという。別府ロープウェイで鶴見岳の頂上に登ると志高湖や別府湾、別府市、大分市の町並みなどが眼下に見え、また遠く国東半島や久住連山などの雄大な眺めを堪能することができる。

三井楽町は五島列島の福江島の西北端に位置し、遣唐使の日本最後の寄港地であった所であり、また筑前国志賀島の船頭荒雄が対馬へ食糧輸送のため出航した地でもある。

毘沙ノ鼻万葉歌碑（山口県下関市吉母）103

角島小学校校庭東隅の万葉歌碑（山口県豊浦郡豊北町）104

同町には「西のはて万葉の里」と銘うった公園が整備され、歌碑が建てられている。現存する我が国の万葉歌碑の中では最西端にある歌碑であろう。

佐賀県白石町の歌垣公園にある十基の歌碑は他所にはない特異なものといえる。一基は歌垣公園を象徴する杵島曲の碑で、幅約五メートル、高さ六、七メートルの堂々たるものである。台座の部分に佐賀大学教授中原勇夫の撰文、最上部に京都大学名誉教授澤潟久孝の揮毫になる杵島曲の歌が万葉仮名で刻まれており、いずれも金文字鮮やかなものである。また他の九基の碑は長方形の化粧コンクリート製台碑に、陶器の地佐賀らしく、歌を焼き込んだ有田焼陶板がはめこんでおり、歌は万葉植物を詠んだものである（うち二首は万葉歌に非ず）。同公園は歌垣伝説が残る杵島《きしま》山の中腹にあり白石平野が一望できる景色のよい所である。

　歌垣は、古代農村の若い男女（既婚未婚にかかわりない）が春秋に山などに飲食物を持って集まり、互いに歌を詠み交わし舞踏して遊んだ季節的行事である。歌の掛け合いの後意気投合した男女間では性の開放が行われ、一種の求婚方式であった。人垣をなす程に人々が集い歌の掛け合いを行うので歌垣というが、東国語表現では、燿歌《かがい》ともいう。歌垣は大和の海柘榴市《つばいち》（奈良）、摂津国の歌垣山（大阪）、肥前国の杵島山（佐賀）、常陸国の筑波山、童子女《うない》の松原（茨城）などで盛んであったと伝えられている。『万葉集の庶民の歌』（久恒啓子著、短歌新聞社）に詳しい。

　なお、各地の歌碑所在地はそれぞれに古い歴史を持ち自然豊かで、かつ風光明媚な所であり、繰り返し足を運んでみたいという思いに駆られる。

虹の松原万葉の里公園の歌碑（佐賀県東松浦郡浜玉町）106

玉島神社前の万葉歌碑（佐賀県東松浦郡浜玉町）105

大伴旅人の歌碑（東松浦郡浜玉町虹の松原万葉の里公園）108

虹の松原万葉の里公園にある万葉歌碑（佐賀県東松浦郡浜玉町）107

虹の松原万葉の里公園の万葉歌碑（東松浦郡浜玉町）109

虹の松原万葉の里公園にある山上憶良の歌碑（東松浦郡浜玉町）110

鏡山山頂のつつじ園の万葉歌碑（佐賀県唐津市）115

山上憶良の歌碑（東松浦郡浜玉町虹の松原万葉の里公園）111

川上神社境内殿原寺右脇にある歌碑（佐賀県東松浦郡浜玉町）112

鏡山西展望台の万葉歌碑（佐賀県唐津市）114

鏡山神社鳥居横の万葉歌碑（佐賀県唐津市）113

観音大橋の上からみる白竜の滝（佐賀県七山村）

鳴神の庄の万葉歌碑
（佐賀県七山村）116

観音の滝遊歩道へ続く吊り橋そばの万葉歌碑（佐賀県七山村）117

住吉神社境内の万葉３号碑（唐津市神集島）120

田島神社境内歌碑（佐賀県呼子町）118

神集島万葉１号碑（佐賀県唐津市神集島）119

神集島万葉５号碑（唐津市神集島）121
下・唐津市湊漁港防波堤から神集島を望む

住吉神社裏の万葉４号碑（唐津市神集島）123

神集島万葉７号碑（唐津市神集島）122

神集島中学校そばの万葉２号碑（唐津市神集島）125

神集島南部頂上の万葉６号碑（唐津市神集島）124

基山町歴史民俗資料図書館玄関脇の万葉歌碑（佐賀県三養基郡基山）126

歌垣公園の歌口（うたくち）にある杵島曲の碑（佐賀県杵島郡白石町）127

大伴家持の碑 128（佐賀県杵島郡白石町歌垣公園）

基山山頂にある古代基肄城跡の碑（佐賀県基山町）

まゆみの歌の碑 130（佐賀県杵島郡白石町歌垣公園）

印通寺の万葉公園の歌碑（長崎県壱岐市石田町）137

上・石田野にある雪連宅満の墓石（長崎県壱岐市石田町）
左・石田野の碑（長崎県壱岐市）

竹敷の浦（長崎県対馬市美津島町）

浅茅山、大岳山入口三差路の万葉歌碑（長崎県対馬市美津島町）138

竹敷の万葉歌碑（対馬市美津島町）139

白良ケ浜万葉公園の歌碑（長崎県五島市三井楽町）147

万関展望台下の万葉歌碑（長崎県対馬市美津島町）144（植木友康氏撮影）

柏崎公園に建つ万葉歌碑（長崎県五島市三井楽町）159

白水郎の歌十首碑（長崎県五島市三井楽町白良ケ浜万葉公園）148

右・「辞本涯」の碑（長崎県五島市三井楽町柏崎公園）左・昭和37年建立の鎮懐石小碑（長崎市坂本町稚桜神社境内）150

上・稚桜神社境内にある文久元年建立の鎮懐石の歌碑 150
右・闇無浜神社境内の歌碑（大分県中津市）151

志高湖畔丘の歌碑（大分県別府市）153

水島の万葉歌碑（熊本県八代市）155

黒之瀬戸の歌碑（鹿児島県出水郡東町黒之瀬戸自然公園）156

分間の浦万葉歌碑（大分県中津市大字田尻）152

芦北海岸県立自然公園に建つ歌碑（熊本県葦北郡芦北町）154

九州の万葉歌碑一覧

福岡県の万葉歌碑

番号	歌碑所在地	建立日・建立者	歌碑名・書者など	碑文（歌）・巻数・歌番号	歌の作者
1	糸島郡二丈町深江子負ケ原（鎮懐石八幡宮境内入り口）	安政六（一八五九）年六月 願主　福井浦住、釘本良八長房、久平長邦 世話人　堤　助右衛門、他四名	鎮懐石万葉歌碑 書者　儒学者（中津藩）・日巡武澄 裏面の撰文　祠官・久我信俊 石工　一貴山村　関仙蔵、河上藤八 深江町　堀田藤吉	筑前守山上臣憶良詠并序文 筑前国怡土郡深江村子負原臨海丘上有二石　大者長一尺二寸六分　圍一尺八寸六分　重十八斤五兩　小者長一尺一寸　圍一尺八寸　重十六斤十兩　並皆堕圓状如鷄子　其美好者不可勝論　所謂徑尺璧是也（或云此二石者肥前國彼杵　郡平敷之石當占而取之）去深江驛家二十許里　近在路頭　公私徃来　莫不下馬跪拝　古老相傳曰　徃者息長足日女命征討親羅國之時　用茲兩石挿著御袖之中　以為鎮懐（實是御裳中矣）所以行人敬拝此石乃作歌曰 可既麻久波　阿夜爾可斯故斯多良志比咩　可尾能彌許等　可良久爾遠　武氣多比良宜弖弥許、呂遠　斯豆迷多麻布等　伊刀良斯弖　伊波比多麻比斯　麻多麻奈須　布多都能伊斯乎　世人爾斯咩斯多麻比弖　余呂豆余爾　伊比都具可祢等　和多能曽許　意枳都布可延乃　宇奈可美乃　故布乃波良尓　美弖豆可良　意可志多麻比弖　可武奈何良　可武佐備伊麻須　久志美多麻　伊麻能遠都豆爾　多布刀伎呂可儛 巻五・八一三	筑前国守 山上憶良 （　）の字句はこの碑文にはない

1	福岡市博多区美野島三・二番（美野島公園の北西隅）		蓑島の碑	阿米都知能　等母爾比佐斯久　伊比都夏等　許能久斯美多麻　志可志家良斯母　巻五・八一四 山上憶良は那珂郡伊知郷蓑島の人建部牛麻呂から神功皇后の鎮懐石伝説の話を聞いて歌を詠んだ	（左注にあり）
2	糸島郡志摩町船越字大園（綿積神社前龍王崎万葉の里公園）	昭和五十六年七月 綿積神社再建記念船越氏子中賛同者一同	書者　御田水月 石工　山下平次 宮司　宮崎　清	梓弓引津の辺なるなのりその花採むまでにあわざらめやもなのりその花　巻七・一二七九	作者不詳
3	同右	昭和六十年十一月 白水宏澄、櫻井公一、國松大次郎	書者　第五十六代内閣総理大臣・福田赳夫	草枕旅を苦しみ恋ひ居れば可也の山辺にさ男鹿鳴くも　巻十五・三六七四	遣新羅使大判官壬生使主宇太麻呂
4	糸島郡志摩町初一番地（志摩中央公園正面入り口）	昭和五十六年三月（平成八年　同公園完成時現在地に）志摩町	歌碑三基並列 書者　志摩町長・田中道人	梓弓引津の辺なるなのりその花採むまでにあわざらめやもなのりその花　巻七・一二七九	作者不詳
5	同右	同右	書者　同右	沖つ波高く立つ日に逢へりきと都の人は聞きてけむかも　巻十五・三六七五	遣新羅使大判官壬生使主宇太麻呂
6	同右	同右	書者　同右	夜を長み寐の寝らえぬにあしひきの山彦響めさ男鹿鳴くも　巻十五・三六八〇	遣新羅使人氏名不詳
7	福岡市中央区（城内平和台陸上競技場東側広場、福岡城廓跡）	昭和四十三年三月 福岡市	筑紫の館万葉歌碑 書者　元福岡女子大学長・国文学者・倉野憲司	今よりは秋づきぬらしあしひきの山松かげにひぐらし鳴きぬ　巻十五・三六五五	遣新羅使人氏名不詳
8	福岡市中央区（大濠公園中之島松月橋南側）	昭和四十四年三月 福岡市	荒津の浜万葉歌碑 書者　歌人・内田さち子	しろたへの袖の別れを難みして荒津の浜にやどりするかも　巻十二・三二一五	作者不詳
9	福岡市中央区西公園鵜来見台展望所	同右	荒津の崎万葉歌碑 書者　教授・長沼賢海	神さぶる荒津の崎に寄する波間無くや妹に恋ひ渡りなむ　巻十五・三六六〇	遣新羅使土師稲足
	福岡市中央区六本松一	昭和四十年五月一日	草香江之碑	草香江の入江にあさる蘆鶴のあなたづ	大納言

10	・十一（草ケ江公民館玄関脇）	草香江公民館建設記念 福岡市		たづし友なしにして 巻四・五七五	大伴旅人
11	福岡市東区志賀島（志賀海神社参道石段西脇）	昭和四十四年五月 糟屋郡志賀町（昭和四十六年四月福岡市に編入）	志賀島万葉一号碑 書者 志賀海神社宮司・志賀町長・阿曇磯興	ちはやぶる鐘の岬を過ぎぬともわれは忘れじ志賀の皇神 巻七・一二三〇	作者不詳
12	福岡市東区志賀島（大崎鼻志賀島国民休暇村研修センター西南丘）	昭和四十五年四月 糟屋郡志賀町	志賀島万葉二号碑 書者 元福岡女子大学長・国文学者・倉野憲司	志賀の山いたくな伐りそ荒雄らがよすかの山と見つつ偲はむ 巻十六・三八六二	筑前国守 山上憶良
13	福岡市東区志賀島（棚ケ浜志賀島漁港そばの海岸小公園）	昭和四十五年九月 糟屋郡志賀町	志賀島万葉三号碑 書者 鹿児島寿蔵	志賀の白水郎の釣りし燭せる漁り火のほのかに妹を見むよしもかも 巻十二・三一七〇	作者不詳
14	福岡市東区志賀島（潮見公園展望台そば）	昭和四十六年三月 糟屋郡志賀町	志賀島万葉四号碑 書者 書家・古賀井卿	志賀の浦に漁する海人明けくれば浦み漕ぐらしかじの音きこゆ 巻十五・三六六四	遣新羅使人 氏名不詳
15	福岡市東区志賀島勝馬（志賀島国民休暇村本館東側庭）	昭和四十七年二月 福岡市	志賀島万葉五号碑 書者 書家・石橋犀水	大船に小船ひきそへ潜くとも志賀の荒雄に潜きあはめやも 巻十六・三八六九	筑前国守 山上憶良
		昭和四十六年三月 糟屋郡志賀町	荒雄の碑 書者 志賀海神社宮司・志賀町長・阿曇磯興	（歌はない）	
16	福岡市東区志賀島（叶の浜蒙古塚近くの海岸道路沿い）	昭和四十八年三月 福岡市	志賀島万葉六号碑 書者 福岡県文化財専門委員・筑紫豊	志賀のあまの塩焼く煙風をいたみ立ちは昇らず山にたなびく 巻七・一二四六	作者不詳
17	福岡市東区西戸崎大岳四（志賀中学校校門脇）	昭和四十九年三月 福岡市	志賀島万葉七号碑 書者 春日和男	かしふ江にたづ鳴き渡る志賀の浦に沖つ白波立ちしくらしも 巻十五・三六五四	遣新羅使人 氏名不詳
18	福岡市東区志賀島（志賀島小学校玄関脇）	昭和五十年三月 福岡市	志賀島万葉八号碑 書者 教授・干潟龍祥	志賀の浦にいざりする海人家人のまちこふらむに明しつる魚 巻十五・三六五三	遣新羅使人 氏名不詳
19	福岡市東区志賀島（棚ケ浜海岸）	昭和五十・年三月 福岡市	志賀島万葉九号碑 書者 教授・入江英雄	沖つ鳥鴨とふ船は也良の崎たみて漕ぎ来と聞えこぬかも 巻十六・三八六七	筑前国守 山上憶良

番号	所在地	建立年月・建立者	碑名・書者	歌	作者
20	福岡市東区志賀島（下馬ケ浜中津宮海岸、勝馬海水浴場）	昭和五十一年三月 福岡市	志賀島万葉十号碑 活字体で刻字	志賀の海人は藻刈り塩焼きいとまなみ髪梳の小櫛取りも見なくに　巻三・二七八	大宰少弐 石川少郎子
21	福岡市東区香椎一・二十三（香椎宮頓宮参道東脇）	明治二十一年	香椎潟万葉歌碑 書者　内大臣・三條實美	去来児等香椎乃潟尓白妙乃袖左倍所沾而朝菜採手六　巻六・九五七 時風応吹成奴香椎潟潮干汭尓玉藻苅而名　巻六・九五八 往還常尓我見之香椎潟従明日後尓波見縁母奈思　巻六・九五九	大宰帥　大伴旅人 大宰少弐　小野老 豊前守　宇努首男人
22	福岡市西区宮浦唐泊（唐泊地域漁村センター玄関脇）	平成四年九月 唐泊漁業協同組合	万葉歌碑 書者　書家・木村唐羊	大君の遠の朝廷と思へれど日長くしあれば戀ひにけるかも　巻十五・三六六八 旅にあれど夜は火ともし居るわれを闇にや妹が戀ひつつあるらむ　巻十五・三六六九 韓亭能許の浦波立たぬ日はあれども家に戀ひぬ日はなし　巻十五・三六七〇 ぬばたまの夜渡る月にあらませば家なる妹に逢ひて来ましを　巻十五・三六七一 ひさかたの月は照りたりいとまなく海人の漁りはともし合うへり見ゆ　巻十五・三六七二 風吹けば沖つ白波恐みと能許の亭に数た夜ぞ寝る　巻十五・三六七三	遣新羅大使　阿倍継麻呂 遣新羅使大判官　壬生宇太麻呂 遣新羅使人　氏名不詳 同右 同右 同右
23	福岡市西区宮浦唐泊（東林禅寺前庭）	昭和四十四年三月 福岡市	韓亭万葉歌碑 書者　鹿児島寿蔵	韓亭能許の浦波立たぬ日はあれども家に恋ひぬ日はなし　巻十五・三六七〇	遣新羅使人 氏名不詳
24	福岡市西区能古島江口（永福寺の裏丘陵、能古焼古窯跡そば）	昭和三十一年春 発起人代表　村上喜八	能許万葉歌碑	風吹けば沖つ白波恐みと能許の泊まりにあまた夜そ寝る　巻十五・三六七三	遣新羅使人 氏名不詳
25	福岡市西区能古島（江口百田博實氏邸内）	昭和五十七年四月 百田博實	歌選者　福岡市文化財保護審議会員・筑紫豊 書者　福岡市長・進藤	沖つ鳥鴨とふ船は也良の埼廻みて漕ぎ来と聞え来ぬかも　巻十六・三八六七	筑前国守 山上憶良

			一馬 石刻者　藤村三郎		
26	福岡市西区能古島（也良岬丘陵地道路沿い）	昭和四十四年三月 福岡市	也良崎万葉歌碑 書者　書家・八尋武人（翠泉）	沖つ鳥鴨とふ船の帰り来ば也良の埼守早く告げこそ　巻十六・三八六六	同右
27	糟屋郡粕屋町日守（日守神社入り口）	昭和五十八年三月 地元有志（日守、四軒屋）	書者　福岡県知事・亀井光	草枕旅行く君を愛しみたぐひてぞ来し志賀の浜辺を　巻四・五六六	大宰大監 大伴百代
28	糟屋郡宇美町宇美一（宇美八幡宮境内、湯方神社前）	昭和五十九年十月 氏子総代会（総代会長・田角直人、氏子総代・久保田福一）	母子像の歌碑 母子像（石崎大徳作）の台座に御影石をはめ込み、活字体で刻字	銀も金も玉も何せむにまされる宝子にしかめやも　巻五・八〇三	筑前国守 山上憶良
29	大野城市山田二・四（御笠の森〈市指定有形民俗文化財・天然記念物〉、同所に天保十一年未五月銘の石祠がある）	昭和四十四年三月 明治百年記念 筑紫郡大野町（昭和四十七年四月、大野城市となる）	御笠の森万葉歌碑 書者　書家・古賀井卿	念はぬを思ふといはば大野なる御笠の森の神し知らさむ　巻四・五六一	同右
30	筑紫野市二日市湯町二（二日市温泉街市営湯町駐車場横）	昭和四十八年三月 筑紫野市	書者　書家・古賀井卿	湯の原に鳴く芦田鶴はわがごとく妹に戀ふれや時わかず鳴く　巻六・九六一	大宰帥 大伴旅人
31	筑紫野市上阿志岐西（県道筑紫野・筑穂線六本松バス停前）	昭和四十八年三月 筑紫野市	書者　書家・古賀井卿	月夜よし河音さやけしいざここに行くも行かぬも遊びてゆかむ　巻四・五七一	大宰防人佑 大伴四綱
32	筑紫野市中阿志岐七九五・五（三差路道路沿い）	平成十三年三月 筑紫野市	書者　安武潔 石工　矢ケ部清隆	珠匣蘆城の川を今日見ては萬代までに忘らえめやも　巻八・一五三一	作者不詳 （大宰府官人）
33	筑紫野市吉木（吉木小学校校庭西隅）	平成六年十一月 筑紫野市	書者　太宰府天満宮権宮司・御田義清 石工　矢ケ部清隆	越美な遍し秋萩交志る蘆城野は今日を始免て万代尓見む　巻八・一五三〇	作者不詳 （大宰府官人）
34	筑紫野市吉木（消防団御笠分団四号車車庫前）	平成十二年三月 筑紫野市	書者　渡邊道子 石工　矢ケ部清隆	唐人の衣染むと婦紫の情耳染み亭思本遊流可毛　巻四・五六九	大宰大典 麻田連陽春

35	筑紫野市山口（山神ダム展望広場東端）	平成八年三月 筑紫野市	書者　権藤公貞 石工　矢ケ部清隆	梅の花ちらくはいづくしかすがにこの城の山に雪は降りつつ　巻五・八二三	大宰大監 大伴百代
36	筑紫野市山口（林道大谷線終点、基山北面九州自然歩道沿い）	平成九年三月 筑紫野市	書者　渡邊道子 石工　矢ケ部清隆	今より者城の山道八不楽し介むわ可通は無と於毛比志もの越　巻四・五七六	筑後守 葛井大成
37	筑紫野市山口（天拝湖西門脇広場）	平成十一年三月 筑紫野市	書者　筑紫野市長・田中範隆 選歌　久芳康紀、渡邊道子 石工　矢ケ部清隆	しら怒日筑紫乃綿は身耳つ介亭い満多八着ねど暖希九三遊　巻三・三三六	沙弥満誓
38	同右（天拝湖西北岸周回道路沿い）	平成十年三月 筑紫野市	書者　渡邊道子 石工　矢ケ部清隆	ほとと支須来鳴支とよもす卯の花能登も耳夜来しと問八万志もの越　巻八・一四七二	式部大輔 石上堅魚
39	筑紫野市上古賀三・三二二（筑紫野市文化会館前庭）	平成九年三月 筑紫野市	書者　内田信峰 石工　矢ケ部清隆	橘の花散る里の霍公鳥片戀しつつ鳴く日しそ多き　巻八・一四七三	大宰帥 大伴旅人
40	太宰府市宰府四（太宰府天満宮菖蒲池北畔）	昭和三十四年十月三十一日 三上会	書者　書家・古賀井卿	よろづよにとしはきふともうめのはなたゆることなく咲きわたるへし　巻五・八三〇	筑前介 左氏子首
41	同右（太宰府天満宮曲水の庭前）	昭和五十二年十一月 太宰府ロータリークラブ 創立記念	書者　書家・宮崎政嗣	わ可苑二梅乃花散る久カの天より雪能流れくるかも　巻五・八二二	大宰帥 大伴旅人
42	太宰府市観世音寺五・六・一（観世音寺境内講堂東側）	昭和五十九年三月 福岡11ロータリークラブ	書者　書家・池邊松堂	しらぬひ筑紫の綿は身につけていまだは着ねど暖かに見ゆ　巻三・三三六	沙弥満誓
43	太宰府市観世音寺一・一・一（太宰府市役所庁舎前庭）	昭和六十年五月 福岡11ロータリークラブ	書者　書家・前崎南嶂	春さればまづ咲く宿の梅の花濁り見つつやはる日暮さむ　巻五・八一八	筑前守 山上憶良
44	太宰府市観世音寺四（太宰府政庁址北端の道路沿い、坂本八幡宮	昭和五十九年三月 福岡11ロータリークラブ	書者　書家・池末禮亀	やすみししわが大君の食国は倭も此処も同じとそ思ふ　巻六・九五六	大宰帥 大伴旅人

	の東方）				
45	太宰府市坂本三・十五・十七（鬼子母神祠前）	昭和六十三年二月 武藤真、荒瀬朴武	書者　筑山	しろがねもくがねも玉も何せむに優れる宝子にしかめやも　巻五・八〇三	筑前国守 山上憶良
46	太宰府市石坂四（九州歴史資料館前庭）	昭和五十九年三月 福岡11ロータリークラブ	書者　書家・前崎南嶂	ここにありて筑紫や何処白雲のたなびく山の方にしあるらし　巻四・五七四	大納言 大伴旅人
47	太宰府市国分四・二（国分天満宮境内）	昭和六十年五月 福岡11ロータリークラブ	書者　書家・池末禮亀	大野山霧立ち渡るわが嘆く息嘯の風に霧立ちわたる　巻五・七九九	筑前国守 山上憶良
48	太宰府市国分二・十五・十六（衣掛天満宮入り口付近）	同右	書者　書家・渡邊渡	凡ならばかもかもせむを恐みと振りたき袖を忍びてあるかも　巻六・九六五 ますらをと思へる和れや水くき能水城のうえになみだ拭はむ　巻六・九六八	娘子児島 大宰帥兼大納言 大伴旅人
49	太宰府市宰府二（西鉄太宰府駅前広場）	平成元年 太宰府市	高灯籠歌碑	今もかも大城の山にほととぎす鳴きとよむらむわれなけれども　巻八・一四七四	大伴坂上郎女
50	太宰府市吉松（歴史スポーツ公園万葉の散歩道）	平成元年一月 太宰府市	書者　太宰府天満宮権宮司・御田義清	古の七能賢しき人たち毛欲りせしもの盤酒二志阿るらし　巻三・三四〇	大宰帥 大伴旅人
51	同右	同右	同右	銀も金毛玉もな尓せむ二まされる宝子にしかめやも　巻五・八〇三	筑前国守 山上憶良
52	同右	同右	同右	梅能花散らくはいずくしかすがにこの城能山尓雪はふりつつ　巻・八二三	大宰大監 大伴百代
53	同右	同右	同右	春の野尓霧立ちわたり降る雪と人能見るまで梅の花散る　巻五・八三九	筑前目 田氏真上
54	同右	同右	同右	妹が見しあふち能花盤散里ぬべし吾が泣く涙いま多乾なくに　巻五・七九八	筑前守 山上憶良
55	同右	同右	同右	湯の原に鳴く蘆鶴は吾が如く妹に恋ふれや時わかず鳴く　巻六・九六一	大宰帥 大伴旅人
56	同右	同右	同右	橘の花散る里能ほととぎす片恋しつつ鳴く日し楚多き　巻八・一四七三	同右

57	太宰府市吉松（歴史スポーツ公園万葉の散歩道）	平成元年一月 太宰府市	書者　太宰府天満宮権宮司・御田義清	玉くし希葦城の川を今日みて者萬代までに忘らえめやも　巻八・一五三一	作者不詳
58	同右	同右	同右	いちしろくしぐれの雨盤降らなく二大城山者色づきに希里　巻十・二一九七	作者不詳
59	同右	同右	同右	筑紫なるにほふ子ゆえに陸奥のかとり娘子の結ひし紐とく　巻十四・三四二七	作者不詳
60	太宰府市連歌屋一・三（大町公園、御笠川河畔）	平成十六年三月三十一日 太宰府市	日本晩歌の歌碑 書者　太宰府市西正寺第十八世住職・山内勇哲文学士	日本晩歌 妹が見し楝の花は散りぬべしわが泣く涙いまだ干なくに　巻五・七九八	筑前国守 山上憶良
61	朝倉郡夜須町篠隈（中央公民館支館前庭）	昭和五十一年四月十八日 夜須町文化協会	書者　書家・前崎文子	爲君醸之待酒安野尓獨哉将飲友無二思手　巻四・五五五	大宰帥 大伴旅人
62	宗像郡津屋崎町（星ケ丘団地東北端の広場）	昭和五十年三月 日生不動産（株）星ケ丘団地造成記念	「在自潟」参考地 万葉歌碑	在千潟あり慰めて行かめども家なる妹いいぶかしみせむ　巻十二・三一六一	作者不詳
63	宗像郡津屋崎町勝浦一六六七・一（あんずの里、ふれあいの館東側丘陵）	平成十一年三月 津屋崎町	名児山万葉歌碑 書者　不詳	大汝少彦名の神こそは名づけ始めけめ名のみを名児山と負ひてわが戀の千重の一重も慰めなくに　巻六・九六三	大伴坂上郎女
64	宗像郡玄海町田島（現宗像市）（宗像大社辺津宮神宝館そば第二駐車場北隅）	昭和三十六年十二月 宗像郡万葉歌保存会	書者　宗像大社宮司・久保輝雄	ちはやふる鐘の岬を過ぎぬともわれは忘れじ志賀のすめ神　巻七・一二三〇 大汝少彦名の神こそは名づけ始めけめ名のみを名児山と負ひて吾が恋の千重の一重も慰めなくに　巻六・九六三	作者不詳 大伴坂上郎女
65	遠賀郡芦屋町山鹿（魚見公園）	昭和四十四年五月三日 町制八十周年記念芦屋町	書者　元福岡女子大学長・国文学者・倉野憲司	天霧らひ日かた吹くらし水茎の岡のみなとに波立ち渡る　巻七・一二三一	作者不詳
	嘉穂郡稲築町大字岩崎（稲築公園）	昭和四十九年九月 稲築文化協会有志（会長・金丸與志夫）	書者　書家・高塚竹堂 側面 書者　書家・嘉穂高校教師・吉積竹鳳	志ろ可ねもく可年も玉も何せむ尓まさ連る寶子にしか免やも　巻五・八〇三 思子等歌一首并序 釋迦如来金口正説　等思衆生如羅睺羅 又説愛無過子　至極大聖尚有愛子之	筑前国守 山上憶良

66				心　況乎世間蒼生誰不愛子乎 宇利波米婆　胡藤母意母保由　久利波米婆麻斯堤斯農波由　伊豆久欲利　枳多利斯物能會　麻奈迦比尓　母等奈可可利堤　夜周伊斯奈佐農　巻五・八〇二 反歌 銀母金母玉母奈爾世武爾麻佐禮留多可良古爾斯迦米夜母　巻五・八〇三 神亀五年七月二十一日於嘉摩郡撰定 筑前国守山上憶良	
67	嘉穂郡稲築町大字鴨生字三十六（鴨生公園）	平成六年四月 地元有志（平野テイ子、金丸京子、有松好子、金丸ヤツ子、金丸嘉與子）	嘉摩三部作碑 書者　金丸嘉與子	ひさかたの天路は遠しなほなほに家に帰りて業を為まさに　巻五・八〇一 銀も金も玉も何せむに勝れる宝子に及かめやも　巻五・八〇三 常磐なす斯くしもがもと念へども世の事なれば留みかねつも　巻五・八〇五	同右
68	同右	平成七年十月二十日 稲築町	山上臣憶良罷宴歌一首碑 書者　大阪大学名誉教授・甲南女子大学名誉教授・文学博士・文化功労者・犬養孝	憶良等者　今者将罷子将哭其彼母毛吾乎将待曽 巻三・三三七	同右
69	同右	同右	梅花の歌碑 書者　同右	波流佐禮婆麻豆佐久耶登能烏梅能波奈比等利美都都夜波流比久良佐武 巻五・八一八	同右
70	嘉穂郡稲築町大字鴨生五九八（金丸邸「鴨生憶良苑」）	平成八年七月 金丸武一	嘉摩三部作碑	碑文は67に同じ。鴨生憶良苑にある歌碑は最初、鴨生公園に設置されたが、平成六年に基台から脱落したため金丸邸に移設。鴨生公園には複製して再設置した	同右
71	同右	同右	貧窮問答歌碑 書者　金丸嘉與子	世間を憂しとやさしと思へども飛び立ちかねつ鳥にしあらねば　巻五・八九三	山上憶良

72	嘉穂郡稲築町大字鴨生五九八（金丸邸「鴨生憶良苑」）	平成八年七月 金丸武一	私懐歌碑 書者 同右	吾が主のみ霊賜ひて春さらば奈良の都に召上げ給はね 巻五・八八二	筑前国守 山上憶良
73	同右	同右	七夕歌碑 書者 同右	牽牛の嬬迎へ船こぎ出らし天の川原に霧の立てるは 巻八・一五二七	同右
74	同右	同右	秋の七草歌碑 書者 同右	秋の野に咲きたる花を指折りかき数ふれば七種の花 巻八・一五三七 萩の花尾花葛花瞿麦の花女郎花また藤袴朝顔の花 巻八・一五三八	同右 同右
75	嘉穂郡稲築町大字鴨生（稲築消防団第三分団前、嘉摩郡役所址碑の横）	平成二年四月移設 憶良碑顕彰会（金丸与志郎ほか四名）	山上憶良歌碑 書者 俳人・野見山朱鳥	銀も黄金も玉もなにせむにまされる宝子にしかめやも 巻五・八〇三	同右
76	北九州市八幡西区岡田町一・一（岡田神社境内）	昭和六十二年四月 八幡西ロータリークラブ創立二十周年記念	万葉の歌碑 書者 栗原金幸（瑞雲）	大君の遠のみかどとあり通ふ島門を見れば神代しおもほゆ 巻三・三〇四 ほととぎす飛幡の浦にしく波のしばしば君を見むよしもがも 巻十二・三一六五 天ぎらひ日方吹くらし水くきの岡の水門に波立ちわたる 巻七・一二三一	柿本人麻呂 作者不詳 作者不詳
77	北九州市戸畑区夜宮一（夜宮公園北端）	昭和十一年旧戸畑市が戸畑公会堂敷地に建立、平成三年三月現在地に移設	書者 歌人・尾上柴舟	ほととぎすとはたの浦にしく浪のしばしば君を見むよしもかも 巻十二・三一六五	作者不詳
78	北九州市小倉北区（城内新勝山公園万葉の庭）	昭和四十六年一月 北九州市（万葉の庭建設委員会）	一号碑 国会図書館所蔵「万葉集略解」より採字	豊國之聞之濱邊之愛子地眞直之有者何如将嘆 巻七・一三九三	作者不詳
79	同右	同右	二号碑 国会図書館所蔵「元暦校本万葉集」より採字	豊洲聞濱松心哀何妹相云始 巻十二・三一三〇	作者不詳
80	同右	同右	三号碑 京都大学図書館所蔵「京都大学本」より採字	豊國乃聞之長濱去晩日之昏去者妹食序念 巻十二・三二一九	作者不詳

81	同右	昭和四十六年一月 北九州市（万葉の庭建設委員会）	四号碑 お茶の水図書館所蔵「西本願寺本」より採字	豊國能聞乃高濱高々二君待夜等者左夜深来 巻十二・三二二〇	作者不詳
82	同右	同右	五号碑 京都大学図書館所蔵「尼崎本」より採字	豊國企玖乃池奈流菱之宇禮乎採跡也妹之御袖所沾計武 巻十六・三八七六	作者不詳
83	同右	同右	六号碑 お茶の水図書館所蔵「西本願寺本」より採字	霍公鳥飛幡之浦尓敷浪乃屢君乎将見因毛鴨 巻十二・三一六五	作者不詳
84	北九州市小倉北区長浜二（貴布祢神社境内）	昭和四十四年十一月 北九州歌人協会第三代会長・久保田瑞一	書者 久保田瑞一	豊国の企救の長浜ゆきくらし日の暮れぬれば妹をしぞ思ふ 巻十二・三二一九	作者不詳
85	京都郡豊津町国作四五〇・一（豊前国府跡公園万葉歌の森）	平成七年 豊津町	書者 書家・加来俊子	往き還りつ祢二和可見し香椎潟明日ゆ後耳盤見むよしも那し 巻六・九五九	豊前守 宇努首男人
86	同右	同右	同右	梓弓ひき豊國の閑々み山見す久難ら盤恋し介むかも 巻三・三一一	桉作村主益人
87	同右	同右	同右	豊國能香春八吾宅紐兒耳いつ可梨於連者香春八吾家 巻九・一七六七	抜氣大首
88	同右	同右	同右	豊國の企玖の池なる菱能うれをつむと耶妹可三そてぬ連遣舞 巻十六・三八七六	作者不詳
89	同右	同右	同右	あを耳よし寧樂の京師盤さく花農薫ふ可こと倶今さ可り那里 巻三・三二八	大宰少弐 小野老
90	同右	同右	同右	萩の八那尾花葛花難てしこ能盤那女郎花万多藤袴あさ可本の八那 巻八・一五三八	筑前国守 山上憶良
91	同右	同右	同右	あ可ねさ須紫野ゆ幾標野遊き乃もり盤三數耶きみ可處亭ふる 巻一・二〇	額田王
92	同右	同右	同右	橘八實さへ花さ遍その葉さへ枝耳しもふれといや常葉の樹 巻六・一〇〇九	太上天皇（聖武天皇）

93	京都郡豊津町国作四五〇・一（豊前国府跡公園万葉歌の森）	平成七年 豊津町	書者　書家・加来俊子	堂万支半る命盤志羅數松可枝を舞刂婦ここ樓八那可く登そ思ふ　巻六・一〇四三	大伴家持
94	同右	同右	同右	あし悲支の山道も志羅須白橿の枝もと遠々尓雪能ふ連々盤　巻十・二三一五	三方沙弥
95	田川郡香春町本町（須佐神社境内）	平成八年十二月 香春町	書者　書家・村上御風	豊国の香春は我家紐の児にいつがり居れば香春は我家　巻九・一七六七	抜気大首
96	田川郡香春町鏡山伽羅松（鏡山神社の東方約三〇〇メートル）	平成九年十月 香春町	書者　書家・石原無堂	王の親魂逢へや豊國の鏡の山を宮と定むる　巻三・四一七	手持女王
97	田川郡香春町鏡山（鏡山神社上り口から河内王陵墓に至る道沿い）	同右	同右	石戸破る手力もがも手弱き女にしあれば術の知らなく　巻三・四一九	同右
98	田川郡香春町鏡山（鏡山神社上り口）	昭和五十四年十二月 村上国益　他	書者　村上利男 石匠　才田勝	梓弓引き豊国の鏡山見ず久ならば恋しけむかも　巻三・三一一	桉作村主益人
99	田川郡香春町鏡山（鏡山集落の鏡ケ池入り口近くの道路沿い）	平成八年十二月 香春町	書者　書家・村上御風	豊國能鏡の山乃石戸多て隠りにけらし待てど来万さず　巻三・四一八	手持女王
100	田川郡香春町石鍋口（呉川沿い）	平成九年十二月 香春町	書者　書家・石原無堂	石上布留の早稲田の穂にはいでず心のうちに恋ふるこの頃　巻九・一七六八	抜気大首
101	田川郡香春町呉（呉公民館前、呉川に架かる橋のたもと）	平成十年二月 香春町	同右	斯くのみし恋ひし渡ればたまきはる命もわれは惜しけくもなし　巻九・一七六九	同右
102	田川郡香春町紫竹原（貴船神社境内入口石段横）	昭和三十一年五月 紫竹原部落		妹之髪上[小]竹葉野之放駒蕩去家良思不合思者　巻十一・二六五二	作者不詳

103	山口県下関市吉母毘沙ノ鼻（本州最西端の地）	平成十二年七月 毘沙ノ鼻万葉歌碑建立委員会（吉母、吉見、蓋井島各自治会）	毘沙ノ鼻万葉歌碑 書者 不詳	長門なる沖つ借島奥まへて吾が思ふ君は千歳にもがも 巻六・一〇二四	長門守 巨曾倍対馬朝臣
104	山口県豊浦郡豊北町角島（角島小学校校庭東隅）	昭和五十年十二月 豊北町	角島の万葉歌碑 書者 道岡香雲	角島の瀬戸能わ可め盤人のむた荒かりしかどわがむたハにぎめ 巻十六・三八七一	作者不詳（防人）
105	佐賀県東松浦郡浜玉町玉島（玉島神社前、玉島川畔）	平成九年五月 浜玉町観光協会	書者 書家・浦田瑛雪	松浦川玉島の浦に若鮎釣る妹らを見らむ人のともしさ 巻五・八六三	大宰帥 大伴旅人
106	佐賀県東松浦郡浜玉町西（虹の松原万葉の里公園）	昭和六十一年四月 浜玉町	同右	玉島のこの河上に家はあれど君を恥しみあらはさずありき 巻五・八五四	同右
107	同右	同右	同右	春されば吾宅の里の川とには鮎子さばしる君まちがてに 巻五・八五九	同右
108	同右	同右	同右	松浦川七瀬の淀はよどむとも吾はよどまず君をし待たむ 巻五・八六〇	同右
109	同右	同右	同右	松浦川川の瀬早みくれないの裳の裾濡れて鮎か釣るらむ 巻五・八六一	同右
110	同右	同右	同右	たらし姫神の命のなつらすとみ立たしせりし石をたれ見き 巻五・八六九	筑前国守 山上憶良
111	同右	同右	同右	うなはらの沖行く船を帰れとかひれ振らしけむ松浦佐用姫 巻五・八七四	同右
112	佐賀県東松浦郡浜玉町平原字座主一〇八五（殿原寺境内）	平成十五年四月 浜玉町観光協会	書者 佐伯某女	萬代に語り継げと志この嶽に領巾振りけらし松浦佐用姫 巻五・八七三	大伴旅人

113	佐賀県唐津市鏡山（山頂鏡山神社鳥居横）	昭和六十年九月二十七日 松浦文化連盟	書者　文学博士・犬養孝	麻都良我多佐欲比賣能故何比例布利斯夜麻能名乃尾夜伎々都々遠良武 巻五・八六八	山上憶良
114	同右（西展望台）	昭和六十一年十一月 松浦文化連盟	書者　書家・野田梅雄（紫城）	行く船を振り留みかね如何ばかり恋しくありけむ松浦佐用姫 巻五・八七五	同右
115	同右（つつじ園から展望台への途中）	昭和三十九年十一月 松浦文化協会	書者　歌人・佐々木信綱	遠つ人松浦佐用比賣徒ま戀耳領巾振里し与り負へる山之名 巻五・八七一	大伴旅人
116	佐賀県七山村滝川（鳴神の庄、玉島川畔）	平成二年十二月 七山村	書者　石橋敏子	玉島のこの川上に家はあれど君乎恥しみ顕さずありき 巻五・八五四	同右
117	同右（観音の滝遊歩道吊り橋横）	同右	書者　瀬戸正美	松浦川七瀬の淀はよどむとも我はよどまず君をし待たむ 巻五・八六〇	同右
118	佐賀県呼子町（加部島田島神社境内、佐與姫社前）	昭和三十七年十二月 呼子町	書者　歌人・佐々木信綱	海原の沖ゆく船を帰れとか領巾ふ羅し介無松浦佐用比女 巻五・八七四	山上憶良
119	佐賀県唐津市（神集島漁港前）	平成六年三月 唐津市、唐津市文化財団	一号碑 書者　文学博士・犬養孝	肥前国松浦郡柏嶋亭船泊之夜遥望海浪各慟旅心作歌七首 可敝里伎弖見牟等於毛比之和我夜度能安伎波疑須々伎知里尓家武可聞 巻十五・三六八	遣新羅使 秦田麻呂
120	同右（住吉神社境内）	同右	三号碑 書者　同右	安米都知能可未乎許比都々安礼麻多武波夜伎万世伎美麻多婆久流思母 巻十五・三六八二	娘子
121	同右（湾東部海岸）	同右	五号碑 書者　同右	伎美乎於毛比安我古非万久波安良多麻乃多都追奇其等尓与久流日毛安良自 巻十五・三六八三	作者不詳
122	同右（島の東南部中腹）	同右	七号碑 書者　同右	秋夜乎奈我美尓可安良武奈曽許己波伊能祢良要奴毛比等里奴礼婆可 巻十五・三六八四	作者不詳
123	同右（住吉神社の裏海岸）	同右	四号碑 書者　同右	多良思比賣御舶波弖家牟松浦乃宇美伊母我麻都倍伎月者倍尓都々 巻十五・三六八五	作者不詳

124	同右（島の南部頂上キャンプ場付近）	同右	六号碑 書者　同右	多婢奈礼婆於毛比多要弖毛安里都礼杼伊敝尓安流伊毛之於母比我奈思母 巻十五・三六八六	作者不詳
125	同右（神集島中学校近く）	同右	二号碑 書者　同右	安思必寄能山等妣古由留可里我祢波美也故尓由加波伊毛尓安比弖許祢 巻十五・三六八七	作者不詳
126	佐賀県三養基郡基山町大字宮浦三五〇・六（町立歴史民俗資料図書館玄関脇）	昭和五十七年四月 同館竣工時 寄贈者　中村元造	自然石に銅板はめ込み	今よりは城の山道はさぶしけむわが通はんとおもひしものを　巻四・五七六	筑後守 葛井大成
127	佐賀県杵島郡白石町大字馬洗字道祖谷（歌垣公園）	昭和三十五年十一月 白石町	杵島曲の碑　正面 書者　京都大学名誉教授・澤潟久孝 側面 撰文　佐賀大学教授・中原勇夫	阿邏礼符縷耆資麻加多豈塢嵯峨紫祢苔區嵯刀理我泥底伊母我提塢刀縷是杵嶋曲　巻三・三八五 あられふるきしまかたけをさかしみとくさとりかねていもかてをとる　これきしまぶりなり 杵島曲はわが國古代民謡の曲名で　その歌詞は鎌倉の学僧仙覚の著「萬葉集抄」所引　逸文肥前風土記中に銘記されている　この曲を産んだ杵島山は常陸の筑波郡筑波山摂津の雄伴郡歌垣山と共に古来日本の三大歌垣として著名であるが　右文に據れば「杵島郡県南二里有一孤山従坤指艮三峰相連是名杵島坤者日比古神中者日比賣神艮者日御子神郷閭士女提酒抱琴毎歳春秋携手登望樂飲歌舞」と出て全國的にも愛誦されたことは曲名歌詞がそれぞれ常陸風土記萬葉集に登載されている事実によって明らかである　そもそも歌垣の始源は男女が時の豊作を祈願し祝福した春秋二季の祭事歌合でここから和歌が	右の一首は或いは「吉野の人味稲、柘枝仙媛に与ふる歌」といふ。ただし柘枝伝を見るにこの歌あることなし

				発達しひいては日本文化の母胎ともなったものである　以上文学発祥の地として由縁の一角を卜し古き昔を偲び将来の文化高揚に資するために所傳の萬葉假名を以って刻み碑とする所以である	
128	佐賀県杵島郡白石町大字馬洗字道祖谷（歌垣公園）	昭和六十年頃 白石町	万葉花を詠んだ歌の有田焼陶板をはめ込んだ碑	この雪の消遺る時にいざ行かな山橘の実の光るも見む　巻十九・四二二六	大伴家持
129	同右	同右	同右	藤波の花は盛りになりにけり平城の京を思ほすや君　巻三・三三〇	防人司佑 大伴四綱
130	同右	同右	同右	南淵の細川山に立つ檀弓束纏くまで人に知らえじ　巻七・一三三〇	作者不詳
131	同右	同右	同右	芝付の御宇良崎なる根都古草逢ひ見ずあらば吾恋ひめやも　巻十四・三五〇八	作者不詳
132	同右	同右	同右	朝顔は朝露負ひて咲くといへど夕影にこそ咲きまさりけれ　巻十・二一〇四	作者不詳
133	同右	同右	同右	手に取れば袖さへにほふ女郎花この白露に散らまく惜しも　巻十・二一一五	作者不詳
134	同右	同右	同右	奥山の八峰の椿つばらかに今日は暮さね丈夫のとも　巻十九・四一五二	因幡守 大伴家持の館の宴三首の一
135	同右	同右	同右（万葉歌に非ず）	七重八重花は咲けども山吹のみの一つだになきぞ悲しき（後拾遺和歌集）	兼明親王
136	同右	同右	同右（万葉歌に非ず）	君ならで誰にか見せん梅の花色をも香をも知る人ぞ知る（古今和歌集）	大隅目 榎氏鉢麻呂

137	長崎県壱岐市石田町（印通寺城の辻　万葉公園）	昭和四十四年十月　石田村	書者　昭和女子大学教授・歌人・木俣修	壱岐能島に至りて雪連宅満がたちまちに鬼病にあひて死去りしとき作れる歌　石田野に宿りするきみ家人のいつらとわれを問はハいかに言はむ　巻十五・三六八九	遣新羅使人　氏名不詳
	長崎県壱岐市石田町（印通寺）		萬葉乃里　石田野の碑　書者　福田敏　そばに雪連宅満の墓石	（歌はない）	
138	長崎県対馬市美津島町大字大山（大山岳登山道入り口国道三八二号沿い）	昭和五十九年三月　美津島町	書者　白井傳	秋さらば置く露霜に堪へずして都の山は色づきぬらむ　巻十五・三六九九	遣新羅使人　氏名不詳
139	長崎県対馬市美津島町大字竹敷（金比羅神社鳥居横、海岸沿い県道脇）	昭和五十六年一月　美津島の自然と文化を守る会	書者　書家・竹口安郎（琴城）	竹敷のうへかた山は紅の八入の色になりにけるかも　巻十五・三七〇三	遣新羅使小判官　大蔵忌寸麻呂
140	長崎県対馬市美津島町大字鶏知（対馬グランドホテル前）	昭和四十七年秋　米田秋生	書者　美津島町長・酒井豊	百船乃泊つる對馬能あさじ山しぐれの雨尓もみたひにけ里　巻十五・三六九七	遣新羅使人　氏名不詳
141	長崎県対馬市美津島町大字鶏知（対馬空港南側小公園）	昭和五十六年一月　美津島町	書者　書家・竹口安郎（琴城）	竹敷の玉藻なびかし漕ぎ出なむ君がみ舟を何時とか待たむ　巻十五・三七〇五	対馬娘子玉槻
142	長崎県対馬市美津島町大字鶏知（上見坂展望台広場北側）	昭和五十七年十二月　美津島町	書者　書家・大浦恒二（碧山）	竹敷の浦みの紅葉我行きて帰り来るまで散りこすなゆめ　巻十五・三七〇二	遣新羅使大判官　壬生使主宇太麻呂
143	長崎県対馬市美津島町大字鶏知（対馬グリーンパーク）			百船乃泊つる對馬のあさぢ山しぐれの雨にもみたひにけ里　巻十五・三六九七	遣新羅使人　氏名不詳
	長崎県対馬市美津島町	昭和五十六年一月	書者　書家・竹口安郎	對馬の嶺は下雲あらなふ上の嶺にたな	作者不詳

144	大字久須保（万関展望台下）	美津島町	（琴城）	びく雲を見つつ偲はも　巻十四・三五一六	
145	長崎県対馬市美津島町大字久須保（万関橋）	昭和五十七年十二月　美津島町	書者　書家・大浦恒二（碧山）	潮干なばまたも吾来むいざ行かむ沖つ潮騒高く立ち来ぬ　巻十五・三七一〇	遣新羅使人　氏名不詳
146	長崎県対馬市美津島町大字鴨居瀬（紫瀬戸、住吉橋）	昭和五十九年三月　美津島町	書者　白井傳	紫の紛潟の海に潜く鳥玉潜き出ば我が玉にせむ　巻十六・三八七〇	作者不詳
147	長崎県五島市三井楽町（白良ケ浜万葉公園）	平成元年九月　三井楽町	書者　文学博士・犬養孝	王乃不遣尓情進尓行之荒雄良奥尓袖振　巻十六・三八六〇	筑前守　山上憶良
148	長崎県五島市三井楽町（白良ケ浜万葉公園）	平成元年九月　三井楽町	筑前國志賀の白水郎の歌十首碑　活字体で銅版はめ込み　裏面に三井楽長の撰文	巻十六・三八六〇〜三八六九	筑前守　山上憶良
149	長崎県五島市三井楽町（柏崎公園）	庚午初夏（平成二年）　三井楽町	書者　中華人民共和国駐長崎総領事・顔萬榮	旅人の宿りせむ野に霜降らば我が子羽ぐくめ天の鶴群　巻九・一七九一	作者不詳（遣唐使の一員の母）
150	長崎県長崎市坂本町（長崎大学医学部そば稚桜神社境内）	文久元年弥生　建立並びに裏面撰文　東條爲一、東條爲文	書者　三澤　確　書者　池原香穉	「山上臣憶良詠鎮懐石歌一首并短歌」（碑文は、二丈町深江鎮懐石神社の歌碑1に同じ。ただし、長崎のこの歌碑には（　）内の字句がある）　巻五・八一三、八一四	筑前守　山上憶良
		安政五年七月建立の「鎮懐石銘碑」（長川東洲撰）他一基（中島廣足書）並びに昭和三十七年夏建立の「鎮懐石」小碑がそばにある。			
151	大分県中津市竜王町（闇無浜神社境内）	昭和五十年十一月三日　有志　佐藤義詮、松本義一	書者　阿波野青敬、刻者　伊藤一郎	吾妹子が赤裳ひづちて植えし田を苅りて蔵めむ倉無の浜　巻九・一七一〇	作者不詳（柿本人麻呂か）
	大分県中津市大字田尻（田尻工場団地内、九州ポリマ（株）正門	昭和五十九年七月　世話人　八並操三郎、椎野宏、田尻清之助、嶋通	分間の浦遺跡記念碑　書者　短歌雑誌「八雲」主宰・田吹繁子	分間の浦　聖武天皇の天平八年（七三六年）六月朝廷から新羅（いまの韓国慶州）に使	遣新羅使人の分間の浦における歌

152	153	154	155	156
前）	大分県別府市（城島高原志高湖畔の丘の上）	熊本県葦北郡芦北町（芦北海岸県立自然公園、佐敷港御番所ノ鼻）	熊本県八代市水島町二二八二・三地先（球磨川左岸）	鹿児島県出水郡東町（山門野字渡口の丘、長島の黒之瀬戸自然公園）
夫、村上三行、岡部松十郎	昭和二十八年十月 別府市	昭和二十七年八月二十四日 渋谷了喜、吉田富士夫 佐敷町	平成二年十月 水島万葉の里づくりの会 水島町	昭和三十四年六月二十七日（除幕） 東町、長島町、万葉歌碑保存委員会
	木綿山の歌碑 書者 文学博士・森本治吉	野坂の浦の歌碑 書者 文学博士・森本治吉	水島の万葉歌碑 書者 熊本県文化功労者・甲斐雍人（慧）	黒之瀬戸万葉歌碑 書者 歌人・佐藤佐太郎
いが出された 一行は武庫の浦から船出したが周防灘で逆風にあい たどりついたのは豊前国下毛の郡分間の浦であったと万葉集巻十五にある 上陸した一行はしばらく止まり船の修理などもしたのであろう そこで詠まれた八首の歌が残されている そのうちの一首 浦みよりこぎ来し船を風早み沖つみ浦にやどりするかも （巻十五・三六四六） その分間の浦は現在の中津市大字田尻のこの地点である	をとめ等がはなりの髪をゆふの山雲なたなびき家のあたり見む 巻七・一二四四	あしきたの野坂の浦ゆ船出して水島尓ゆ可む波立つなゆめ 巻三・二四六	如聞 真貴久奇母神左備居賀許礼能水嶋 巻三・二四五	隼人の薩摩能瀬戸を雲居なす遠くも和れは今日見つる可毛 巻三・二四八
遣新羅使人 氏名不詳	作者不詳	長田 王	長田 王	長田 王

万葉歌略年表

西暦	和暦	天皇	文化時代	万葉区分	歴史事項	万葉歌関係
		仲哀	古墳時代	前万葉時代	天皇、熊襲討伐のため筑紫儺縣橿日宮に至る、神新羅を討てとの神のお告げに従わず急死、神功皇后荷持田の羽白熊鷲を討つため橿日宮より松峡宮に向かう途中御笠の里（大野城市）でつむじ風に御笠を吹き飛ばされる 神功皇后松浦縣玉嶋里（佐賀県東松浦郡玉島町）の河の中の石の上で年魚を釣る 神功皇后新羅出征の時産月であったので石を腰にさしはさんで（み袖の中に入れて）、帰還後に出産するまじないとする、今その石は伊覩縣（糸島郡二丈町深江子負原）にあり（『日本書紀』）	＊天平元年（七二九）、山上憶良の鎮懐石の歌あり
		仁徳			仁徳天皇（難波天皇）、妹八田皇女を妃にせんとするも皇后磐姫の強力な反対で実現せずにいたところ皇后が死んだのでようやく八田皇女を皇后とする	集中最も古い歌＝磐姫皇后の御歌四首（巻二・八五） 巻頭歌＝八田皇女の御歌（巻四・四八四）
四七〇		雄略			身狭青ら漢織・呉織を率いて帰朝	
四七八					倭王武（雄略天皇）宋に上表文、安東大将軍倭王の称号を授かる（『宋書』）	万葉集冒頭歌＝雄略天皇御製（巻一・一） 巻頭歌＝雄略天皇御製（巻九・一六六四＝或る本に岡本天皇「舒明天皇」の作とする）
五一三		継体			百済から五経博士来日	
五二七					筑紫国造磐井の乱起きる、翌年物部麁鹿火が反乱を鎮定	
五三七		宣化			大伴金村大連の子大伴磐と大伴狭手彦、天皇の命により任那救援に向かう	＊天平二年七月、筑前国守山上憶良松浦佐用姫領布振の歌を詠む（巻五・八六八、八七一－八七五）

五三八					百済聖明王　仏像・経典を日本に伝える（仏教公伝）	
五九二		推古	飛鳥時代		蘇我馬子　崇峻天皇を暗殺、推古天皇即位 五八九年、隋中国統一	
六〇〇					倭王隋に遣使（遣隋使の始まり）	
六〇三					聖徳太子　冠位十二階制定	聖徳太子の御歌（巻三・四一五）
六〇四					〃　憲法十七条制定	
六一〇					高句麗僧曇徴　紙と墨の製法を伝える 六一八年、隋滅亡、唐建国	
六二二					聖徳太子　斑鳩宮に没（六一六年説あり）	
六二九		舒明		万葉第一期	舒明天皇即位	万葉歌の実質始まり
六三〇					御田鍬らを唐に派遣（遣唐使の始まり）	
六四五	大化元	孝徳			孝徳天皇即位、初めて年号を定める 大化改新、中大兄皇子・中臣鎌足、飛鳥板蓋宮で蘇我入鹿を暗殺、蘇我蝦夷自殺	
六四六	二				第一回遣新羅使　宝亀一〇年（七七九年）の第二七回まで続く	
六五五		斉明			皇極女帝重祚して斉明天皇となる	
六五八					柿本人麻呂この頃生まれる	
六六〇					山上憶良生まれる　唐・新羅に破れ百済滅亡	額田王の歌（巻一・八）
六六一					一月、斉明天皇・中大兄皇子百済救援のため筑紫に下る　七月、斉明天皇筑紫朝倉宮（橘広庭宮）で没	『後撰集』と「百人一首」に天智天皇御製歌あり
六六三		天智			八月、白村江の戦いで日本軍が唐・新羅連合軍に大敗する	

六六四				国防のため対馬・壱岐・筑紫に防人と烽を設置、筑紫に大堤（水城）を築く	
六六五				長門、筑紫に山城を築く　長門城、大野城、基肄城 大伴旅人生まれる	
六六七				三月、近江大津宮に遷都 倭国に高安城、讃吉国に屋島城、対馬国に金田城を築く	
六六八				天智天皇蒲生野に狩りをする　高句麗滅亡	額田王の歌（巻一・二〇） 大海人皇子（天武天皇）の御歌（巻一・二一）
六六九				藤原鎌足没	
六七〇				庚午年籍（最初の全国的戸籍）できる	
六七一				天智天皇没	
六七二		天武		壬申の乱、大海人皇子、大友皇子と皇位継承を争い勝つ	
六七三			万葉第二期	大海人皇子（天武天皇）即位　飛鳥浄御原宮に遷都　六七六年、新羅半島を統一	
六八四				八色の姓を制定	
六八六	朱鳥元	持統		天武天皇没、皇后称制（持統天皇）	
六八九				飛鳥浄御原令施行　河内王、大宰帥となる	柿本人麻呂　筑紫国に下る時の歌（巻三・三〇四）
六九〇				持統天皇即位	
六九四				藤原京に遷都　河内王、任地（大宰府）で没	手持女王　河内王を鏡山に葬る時の歌三首（巻三・四一七―四一九）
六九七		文武		持統天皇譲位　軽皇子（文武天皇）即位	
七〇一		大宝		大宝律令完成　山上憶良遣唐少録となる	
七〇二				持統太上天皇没	

七〇七	慶雲四	元明		文武天皇没　文武の母阿閇皇女（元明天皇）即位　柿本人麻呂この頃石見国で没（和銅元年の没ともいう）
七〇八	和銅元			和同開珎＝銀・銅銭を鋳造
七一〇	三		奈良時代　万葉第三期	三月、平城京に遷都
七一一	四			初めて諸国に駅を置く
七一二	五			太安麻呂『古事記』撰上　出羽国設置
七一三	六			諸国に「風土記」編纂を命じる詔　丹後国、美作国、大隅国設置
七一五	霊亀元	元正		里を郷と改める
七一六	二			四月、山上憶良伯耆国守（従五位下）となる　阿倍仲麻呂入唐
七一七	養老元			僧行基の活動禁止　百姓の違法な出家禁止
七一八	二			藤原不比等ら養老律令を撰上　能登国、安房国、石城国、石背国設置
七二〇	四			舎人親王『日本書紀』を撰上　三月、大伴旅人征隼人持節大将軍となり隼人を討つ　九月、多治比縣守、蝦夷を討つ
七二一	五			山上憶良東宮侍講となる　＊養老年間　新羅との国際関係悪化、政局打開のため両国から使者がしばしば派遣される
七二三	七			三世一身法（墾田私有を認める）　二月、沙弥満誓造筑紫観音寺別当となる
七二四	神亀元	聖武		聖武天皇即位、長屋王左大臣となる　藤原宇合、蝦夷を討つ　陸奥国に多賀城を築く
七二六	三			山上憶良筑前国守となる
七二七	四			大伴旅人大宰帥となり、同年暮れに着任　渤海使初めて来日

七二八

五

四月、初旬大伴旅人の妻大伴郎女大宰府で没
五月下旬頃、旅人の異母妹坂上郎女の夫大伴宿奈麻呂の訃報が旅人に届く、その頃坂上郎女、旅人とその息子家持の身の回りの世話のため大宰府に下る

六月二三日、大伴旅人の報凶問歌（巻五・七九三）
蘆城駅家における石川足人送別宴の歌三首（巻四・五四九－五五一、作者不詳）
同宴における石川足人の歌（巻六・九五五）
石川足人の歌に和える歌（巻六・九五六、大宰帥大伴旅人）
夏、旅人の妻大伴郎女死去に対する弔問勅使を基山に於いて接待した宴における歌（巻八・一四七二、式部大輔石上堅魚）
弔問勅使の歌に和える歌（巻八・一四七三、大宰帥大伴旅人）
七月、管下嘉摩郡巡視中の三部作の歌（巻五・八〇〇、八〇一、或情を反さしむる歌　八〇二、八〇三、子等を思ふ歌　八〇四、八〇五、世間の住み難きを哀しぶる歌、筑前国守山上憶良）
七月、旅人の妻の死を悼む日本挽歌及び反歌五首（巻五・七九四、七九五－七九九、山上憶良）
秋、旅人の亡妻を思う歌二首（巻八・一五四一、一五四二、大宰帥大伴旅人）
冬、次田温泉湯ノ原で亡妻を偲んだ歌（巻六・九六一、大伴旅人）
一一月、香椎宮参詣後香椎浦で詠んだ歌三首（巻六・九五七、大伴旅人、九五八、大弐小野老、九五九、豊前守宇努首男人）

西暦	年号	事項	万葉歌
七二九	天平元	二月、大宰大弐丹比縣守、権参議兼民部卿となって帰京 二月、長屋王の変＝長屋王謀反の嫌疑を受け自害（藤原氏の謀略という） 八月、藤原不比等の娘光明子皇后となる（光明皇后）	芳野離宮を偲ぶ歌（巻六・九六〇、大宰帥大伴旅人） 神亀年中　然之海人の歌（巻三・二七八、石川小郎子） 神亀年中　志賀の白水郎荒雄の遭難死を悲しむ歌（巻一六・三八六〇－三八六九、筑前国守山上憶良） 丹比縣守遷任に際し贈った送別歌（巻四・五五五、大宰帥大伴旅人） 冬、望郷の歌（巻八・一六三九、大宰帥大伴旅人） 冬、梅花の歌（巻八・一六四〇、大宰帥大伴旅人） 大伴三依の筑紫赴任時に贈った歌（巻四・五五六、長屋王の娘賀茂女王） 三月頃、大宰帥大伴邸における宴の歌（巻三・三二八、大宰少弐小野老　三二九、防人司佑大伴四綱　三三〇、大伴四綱　三三一－三三五、大宰帥大伴旅人　三三六、沙弥満誓　三三七、筑前国守山上憶良） 三三八－三五〇讃酒歌十三首、大宰帥大伴旅人　三五一、沙弥満誓） 筑前国深江の鎮懐石の歌（巻五・八一三、八一四、筑前国守山上憶良） 或る宴における恋の歌四首（巻四・五五九－五六二、大宰大監大伴百代） 恋の歌に応える歌二首（巻四・五六三、五六四、大伴坂上郎女）

七三〇	天平二			九月、防人廃止（廃止は一時的なものと思われ、以後も東国から徴用されている） 一二月、大宰帥大伴旅人大納言に任ぜられ帰京	正月一三日、大宰帥大伴邸で梅花の宴、歌三十二首（巻五・八一五－八四六、大宰帥以下府の官人、九州各国の国司ら）　夏、大伴旅人の病気見舞いの駅使（庶弟と甥）が帰京する時夷守駅家で贈った歌二首（巻四・五六六、五六七、大監大伴百代他）　七月、奈良の吉田連宜から大伴旅人宛の返書に付した歌二首（巻五・八六六、八六七、吉田連宜）　秋の七草の歌二首（巻八・一五三七、一五三八）、天の河の歌（巻八・一五二七－一五二九）　筑前国守山上憶良　帰京を間近にして亡妻を偲ぶ歌三首（巻三・四三八－四四〇、大宰帥大伴旅人）　一一月、大伴坂上郎女、旅人よりひと足先に帰京する時の見送りの歌（巻三・三八一、筑紫娘子児嶋）　名児山（宗像郡）を越える時の歌（巻六・九六三、大伴坂上郎女）　一一月、旅人の傔従ら荒津の海辺での歌二首（巻一七・三八九〇、三八九九、三野連石守他）　一二月、蘆城駅家で旅人送別の宴での歌四首（巻四・五六八－五七一、防人佑大伴四綱他）　一二月六日、私懐を述べる歌三首（巻五・八八〇－八八二、筑前国守山上憶良）　一二月、帰京する旅人を水城の辺りで見送った時の歌二首（巻六・九六五、九六六、筑紫娘子児嶋）　児嶋の

七三一	三			秋七月二五日、大伴旅人没 暮れ頃山上憶良官を辞して帰京	歌に和える歌二首（巻六・九六七、九六八、大宰帥大伴旅人） 夏四月頃、帰京後に大城山を偲ぶ歌（巻八・一四七四、大伴坂上郎女） 帰京後の旅人を慕った歌二首（巻四・五七二、五七三、沙弥満誓） 満誓の歌に和えた草香江の歌など二首（巻四・五七四、五七五、大納言大伴旅人） 同じく旅人を慕った城山道の歌（巻四・五七六、筑後守葛井連大成）
七三二	四				冬、貧窮問答歌（巻五・八九二＝長歌　八九三＝短歌、山上憶良）
七三三	五			「出雲風土記」完成 山上憶良七四歳（推定）にて病没	
七三四	六		万葉第四期	天平七年夏、九州諸国に疫病（天然痘）大流行	この年頃、京に上る時の鏡山の歌（巻三・三一一、桉作村主益人）
七三六	八			二月、阿倍継麻呂遣新羅大使、大伴三仲副使、壬生使主宇太麻呂大判官、大蔵忌寸麻呂少判官に任命　四月、一行が出発　六月、下旬筑紫館に到着（現在の八月上旬） 七月下旬、韓亭に到着（現在の九月初旬） 七月末頃、引津亭に到着（現在の九月上旬） 八月五日頃、肥前国松浦郡柏嶋（神集島）到着（現在の九月中旬）	遣新羅使人　筑紫館で望郷の歌（巻一五・三六五二－三六五五） 遣新羅人　七夕の歌（巻一五・三六五六－三六五八） 荒津の海辺で月見の歌（巻一五・三六五九－三六六七） 韓亭で旅愁の歌（巻一五・三六六八－三六七三） 引津亭で旅愁の歌（巻一五・三六七四－三六八〇） 柏嶋で旅愁の歌（巻一五・三六八

七三七	九		八月一〇日頃、（現在の九月二〇日頃）、壱岐に到着、一行中の雪連宅麻呂、鬼病で急死 八月二六日頃、（現在の一〇月五日頃）対馬浅茅の浦に到着、数日後に対馬竹敷の浦に到着 一月、遣新羅使帰京、大使は対馬で病没、副使も病のため遅れて三月下旬帰京　六月一一日、大宰大弐小野老没 四月－八月、藤原不比等の四子（房前、麻呂、武智麻呂、宇合）相次いで病死	一－三六八七） 雪連宅麻呂の死を悼む歌九首（巻一五・三六八八－三六九六） 浅茅浦での歌三首（巻一五・三六九七－三六九九） 竹敷浦での歌一八首（巻一五・三七〇〇－三七一七）
七四〇	一二		九月、大宰大弐藤原広嗣の乱、一一月敗死 一二月、恭仁京に遷都	
七四一	一三		全国（六八カ国）に国分寺建立の詔	
七四四	一六		一月、難波宮に遷都	
七四五	一七		五月、都を平城京に戻す　一一月、僧玄昉を筑紫観世音寺別当に左遷　東大寺大仏造立開始	
七四六	一八		三月、大伴家持宮内少輔となり、六月、越中守となる　山部赤人この頃没	
七四九	天平勝宝元	孝謙	聖武天皇譲位、孝謙天皇即位	
七五一	三		大伴家持少納言となる　『懐風藻』（現存最古の漢詩集）成る	
七五二	四		東大寺大仏開眼	
七五四	六		唐僧鑑真来日、律宗を伝える　大伴家持兵部少輔となる、防人の事務を取り扱い防人の歌を集める	天平勝宝七年（七五五）、東国から筑紫に派遣される防人の歌　九四首（巻二〇・四三二一－四四三六）
七五六	八		聖武天皇没、光明皇后　聖武天皇の遺品を東大寺に奉納（正倉院の始め）	

七五七	天平宝字元			養老律令施行、大伴家持兵部大輔となる	
七五八	二			六月、大伴家持因幡国守となる	
七五九	三			唐招提寺建立	『万葉集』最後の歌＝大伴家持の歳日賀歌（巻二〇・四五一六）
七六四	八	称徳		一月、大伴家持薩摩守となる　恵美押勝の乱ー道鏡排斥の乱を起こすも敗死	
七六八	神護景雲二			筑前怡土城が完成	
七六九	三			道鏡皇位事件ー和気清麻呂　宇佐八幡の神託を奏上し道鏡の怒りにふれ大隅国に流される	
七七〇	宝亀元	光仁		称徳天皇（女帝）没、光仁天皇即位、道鏡下野薬師寺に左遷される	この年頃　大伴家持ら『万葉集』を編纂
七八一	一二	桓武		大伴家持中納言となる	
七八四	延暦三			長岡京遷都	
七八五	四			大伴家持没	
七九四	一三		平安時代	平安京遷都	
七九七	一六			藤原継縄ら『続日本紀』撰上	
八三八	承和五	仁明		最後の遣唐使、大宰府より出発　八〇五年、最澄天台宗開く　八〇六年、空海真言宗開く	八〇〇年代の初期（平安初期）仮名文字できる
九〇一	延喜元	醍醐		昌泰の変ー右大臣菅原道真大宰権帥に左遷される　九〇三年、道真没	
九二七	延長五			「延喜式」完成　九〇七年、唐滅亡	

参考文献

『万葉集地名歌総覧』樋口和也著　近代文芸社
『萬葉集　本文編』佐竹昭広・木下正俊・小島憲之共著　塙書房
『萬葉集釋注』伊藤博著　集英社
『萬葉集注釋』澤瀉久孝著　中央公論社
『萬葉集新解』上、中、下巻　武田祐吉著　山海堂出版社
『万葉集入門』久松潜一著　講談社現代新書
『万葉集の時代』渡辺守順著　教育社
『万葉集』平山城児著　有朋堂
『万葉集 東歌・防人歌の心』阪下圭八著　新日本新書
『万葉集必携』稲岡耕二編　学燈社
『万葉集の庶民の歌』久恒啓子著　短歌新聞社
『筑紫万葉の花』成田翠峰著　西日本新聞社
『福岡県の文学碑』大石實編著　海鳥社
『萬葉　歌碑でたどる世界』上、下巻　露木悟義著　溪声出版
『詳説日本史研究』五味文彦・高埜利彦・鳥海靖編　山川出版社
『古事記』倉野憲司校注　岩波文庫
『日本書紀』坂本太郎・家永三郎・井上光貞・大野晋校注　岩波文庫
『続日本紀　全現代語訳』宇治谷孟著　講談社学術文庫
『風土記』吉野裕訳　平凡社
『福岡県の歴史』福岡県史普及版　福岡県
「神籠石と水城大堤」九州歴史資料館研究論集　一九九七年三月　小田和利著
「都府楼　特集筑紫万葉の世界」十三号　財団法人古都大宰府を守る会
『万葉の庭』昭四七、九文（四）北九州市教育委員会
「萬葉の里　稲築町と山上憶良」金丸嘉與子編
「松浦の万葉」清水静男著　財団法人唐津市文化振興財団
「つくし万葉歌碑めぐり」太宰府ロータリークラブ、財団法人古都大宰府保存協会
「歴史の里筑紫野　歌碑・句碑を歩く」筑紫野市
「筑紫野・太宰府万葉のふるさと」筑紫野市・同観光協会・太宰府市・同観光協会
「香春　万葉の里　歌碑めぐり」香春町教育委員会
「憶良ゆかりの地稲築万葉の歌碑めぐり」稲築町教育委員会、稲築文化連合会
「歴史回廊の里　豊津町」豊津町
「いとしま」前原市・志摩町・二丈町各観光協会・前原市・志摩町・二丈町
「基山町の文化財ガイド」佐賀県基山町教育委員会
「万葉のふるさと浜玉町」佐賀県浜玉町
「さが観光新書」佐賀県観光課・社団法人佐賀県観光連盟ほか
「萬葉の神集島、宝当の高島 古代夢の辻道」唐津市観光課　唐津観光協会
「広報ななやま～ふるさと万葉物語り」佐賀県七山村
「五島・三井楽　西のはて万葉の里」長崎県三井楽町
「壱岐旅物語」壱岐観光協会
「対馬マップ」対馬観光物産協会

あとがき

平成十四年は菅原道真公没後千百年にあたり、太宰府天満宮では「御神忌一千百年大祭」の神事祭事が年間を通して行われ、たくさんの人が太宰府を訪れた。人々はそれぞれに遠い昔に思いを馳せたことであろう。『万葉集』はそれよりも百数十年前の歌集である。現在全国各地で万葉の里、万葉のふるさとなどのキャッチフレーズを観光の目玉にしてPRしている所が多いようであるが、万葉歌はそれ程に人々を惹きつける力を持っているということであろう。

本書は拙著『福岡県地名考』（海鳥社刊）の姉妹編の如きものである。したがってこちらの方にも目を通していただくと地理的なことがより詳しくご理解いただけると思う。

各地を回って歌碑を見つけるのがひと苦労であったが、しかし歩き回ったお陰で素晴らしい景観に出合い、また多くの人と出会い、お話しをうかがうことができたことは大きな収穫であり喜びであった。殊に太宰府古都保存協会や浜玉町観光協会をはじめ、各市町村役場や教育委員会の文化財担当係の方々に親切にご教示いただき、かつ資料をいただいたことに対して心から感謝している次第である。「馬には乗ってみよ、人には添うてみよ」という諺があるが、「其処に行ってみよ、人には尋ねてみよ」ということをあらためて実感したことであった。

本書発刊に当たっては海鳥社の多大なご指導、ご協力をいただいたことを記し、深甚の謝意を表する次第である。

平成十六年八月

梅林孝雄

梅林孝雄（うめばやし・たかお）昭和12年、朝鮮平安南道大同郡で生まれる。同30年、福岡県立田川高等学校卒業。同34年、福岡県警察官拝命、西福岡警察署をふりだしに、警察本部、警察署など18所属で勤務。平成五年、機動捜査隊長。同６年、瀬高警察署長。同８年、警察本部捜査第三課長。同９年、警視正に昇任。退職。同年、三井不動産（株）入社（参事）。同15年、同社退社。同13年より福岡県警察学校講師。
著書に『福岡県地名考』（海鳥社）がある。

福岡県《ふくおかけん》 万葉《まんよう》歌《か》碑《ひ》見《み》て歩《ある》き

■

2004年９月28日　第１刷発行

■

著者　梅林孝雄

発行者　西　俊明

発行所　有限会社海鳥社

〒810-0074　福岡市中央区大手門３丁目６番13号

電話092(771)0132　FAX092(771)2546

印刷・製本　有限会社九州コンピュータ印刷

ISBN4-87415-497-2

［定価は表紙カバーに表示］

http://www.kaichosha-f.co.jp